U0006768

懂語感
無痛學好
任一種外語

語言教學專家 **游皓雲** **Yolanda** ——— 著

Greed is good，
每個人這輩子都該至少嫻熟三種語言！

標題也許讓有些人想到台諺說：「乞丐下大願」，可是游皓雲老師傳授的觀念跟方法，可以引領你達陣！

認識一位朋友時，我總喜歡想像，他們家的長輩為什麼給她取這個名字，對她又有什麼樣的期待？

初識游皓雲老師，也不例外。

皓指白色，所以我們不難想像皓雲的意象就是：白雲一朵。

翻閱皓雲老師的第五本大作，讓我想起我的好友胡家榮老師。他們兩人有個共同點：自幼熱愛英語，身處低谷時得以逆轉形勢，繼而持盈保泰。

什麼！第五本！沒錯，皓雲老師偕同夫婿洛飛南出版過四本學習西班牙語專書，有別於前作，這本新作，至少有幾個書寫目的：

第一、帶領讀者檢討過往學習語言的方法與成果。如果成果不好，是不是方法有誤？如果方法有誤，為何仍抱持舊慣？

第二、引導讀者思考究竟該選擇哪一種外語進修？最根本的就是動機問題。動機強烈，才足以讓學習者有源源動力前進。

第三、引導讀者省思為何人要學習。現在的潮語是：「學到老，才能樂活到老。」好像你媽媽買了洗碗機，一用很後悔，後悔怎麼不早點買，尤其得知洗碗機比用手洗還省下 80％的水之後，加倍懊悔，當初的心魔就是誤以為學習使用洗碗機的過程很困難。

文／《人生路引》作者楊斯棓醫師

　　你或許會想，皓雲老師不是經營西語教室（其實她還有豐富的華語教學經驗）？為何她熱愛英語？這得從高中生游皓雲講起，她自述曾有幾個科目，不是那麼得心應手，但她鍾愛英文，遇上加重計分，優勢放大，得以錄取夢想中的科系。

　　游老師的分享，發人深省，除非科科均強，否則，若有數個弱科，心中惶惶，不如及早確認自己哪一科最有機會拔尖，或許那個方向正是天命所在。

　　林宜敬博士的臉書文近來很夯，雋永而發人深省，我重讀林博士舊作《為什麼三歲小孩都會說英語》，裡面不少論點和游老師強調的重點遙相呼應。

　　長於電腦軟體的林博士在自序中分享「從來沒有正式學過日語，對日文文法一竅不通，也不會寫日文」，但他「可以用日語買車票、用日語點餐、結帳」，何以致之？他說：「我只是小時候常常聽父母說日語，上大學的時候跟著幾個日本人學長學著用日語罵人」，此外，偕妻遊日時，他總是把握機會開口。

　　游老師特別強調「聽說讀寫」其次序是有意義的：先大量聽說，後理解，再蹲點讀寫，林博士在聽說日文，已經游刃有餘。

　　據此我也回想，自己自幼如何學台語？

　　一開始當然是大量聽，舉個例，還穿圍兜兜時，聽了無數次大人用台語講「眠夢」，當時我根本不知道其漢字或羅馬拼音怎麼寫，但我已

經習得「眠夢」一詞就是晚上闔眼時，自己經歷的一些並非真實的過程，而我也摸索出晚上若看鬼片，半夜的「眠夢」就有可能再現電影場景。當我脫口詢問他人昨晚睡覺有沒有「眠夢」時，我已完全掌握此詞彙。

上了高中，我買了李鴻禧教授的演講錄音帶，裡面沒有講綱，我反覆聽了一百多次，那是一個聽眾上千人的演講場合，聽眾有共鳴時，往往掌聲如雷笑聲四起。引起共鳴的內容，就是個好段子。學得好，就有幾分李鴻禧教授的氣口。

譬如他問聽眾「日出而作」的台語怎麼說？聽眾一愣後，他公佈答案：「透早就出門，日頭漸漸光」，底下就迸發一陣大笑。對當時的我而言，我雖熟悉「透早」、「出門」、「日頭」、「漸漸」、「光」這些詞彙，但聽李教授的演講，我知道原來可以串在一起用（後來我才知道這是陳達儒前輩作品〈農村曲〉的歌詞），還可以用來解釋「日出而作」。

我當時大量的聽，反覆學著李教授的發音一句又一句的覆誦，因為我景仰他的演講風采。

用游老師的教學理論跟經驗來重新審視我的學習過程，可以得到如下結果：「必須要有一個對你來說是亮點的點，才會支撐你長期投入時間去學這個語言。」對我來說，非常幸運，李鴻禧教授在台上運斤成風，讓台下萬頭鑽動的魅力，正是我願意鑽研這個語言的超級亮點。

我先大量的聽，這個順序跟暴露量都是對的，這正是游老師說的要：

「足夠的大量輸入。」

　　而我甘之如飴的一句句模仿李鴻禧教授講話，那正是「反覆跟讀」。

　　我意外地用對方法提升了自己的台語程度，本來只會講生活語言問早吃飽，精煉一段時間後，我已經敢挑戰公眾演說，後來我也用類似方法學習粵語，今年在 Clubhouse 上巧遇幾位香港三語司儀，也得到她們的肯定。

　　我用台語撐竿，據此跳起來學粵語，「入內」、「落車」等辭彙是我過去疊的磚，台語跟粵語都是這麼寫，只差發音些微不同。

　　游老師過去學法語，則是撐著西語的竿。

　　她過去幾十年在語言教學領域努力的軌跡，證明自己是突破天際的一朵白雲。

擺脫心魔罣礙，悠遊語言之海

　　皓雲老師，是真正做到的多語言習得者（polyglot），而且是位開心快樂的語言習得者，語言學習對她而言，不像「學習」，更像是一場「冒險」。

　　皓雲不只自己學習多種語言，更特別的是，還協助過來自超過 75 個國家、不同母語背景的學習者，成功習得華語。這樣的人，來告訴你怎麼學習語言，講的絕對不會是幹話。語言學習裡的酸甜苦辣，成功語言習得者的樣貌，她真的都知道。

　　我曾經是英語爛到爆炸的學生（大學聯考不到 20 分，大一必修英語重修三次），在 25 歲那年，砍掉重練立志重新學起，從英語的門外漢，慢慢摸索出一條適合自己的道路，甚至最終成為了英語教學者。這樣的學習歷程，讓我在讀皓雲老師的這本大作時，心裡最常出現的 OS 就是：「對！對！對！真的是這樣。」

　　書中提到的學習策略、心法，都和當年我走過的路不謀而合。過去我在學制內的語言學習，繳出了一張慘不忍睹的成績單。25 歲時，我第一次有了學習語言的自由；沒有進度的追趕、沒有老師的催逼、沒有成績的壓力，反而讓我找回了語言學習的樂趣和熱情。

　　皓雲老師主張的「按照聽說讀寫的次序學習」、「跳過字母、發音，直接進入語言的使用」、「建立自己適用的筆記系統」、「i+1 學習理論」，完全就是在描述當年誤打誤撞、幸運闖出一條生路的我。我是從英語學習地獄的邊緣，一爪一爪爬上來的人，我滿身的傷痕和血淚，應

文／鄭錫懋（ Michael，《英語自學王》作者，《英語自學王 學習策略工作坊》創辦人）

當能適切地爲本書做見證。

「先聽說、後理解，最後才讀寫」皓雲所言不虛。在十多年的教學生涯裡，對於台灣的語言教學，我的第一手觀察是：爲了將學習效益最大化（中翻中就是，考試分數快速進步），教學者和學習者，都傾向於把重心放在讀寫的學習上。因爲投注時間的 CP 值最高，最快能在考試的成績上，看見顯著的進步。

這樣的學習心態，蓋出了兩大語言學習奇觀：沒有穩固地基的空中樓閣，以及用犧牲者堆積的分數金字塔。

沒有聽、說能力的基礎建設，急切地往讀、寫前進，蓋出的語言空中樓閣，讓一整個世代的語言學習者，雖然很會答題，也有能力通過各類考試，卻在眞實的語言使用場域，吃了很大的悶虧。所幸近十年來，這樣的情形，在教學師資和意識提升後，獲得很大的改善，這是未來學習者的福氣。

影響更甚的，是這座分數金字塔。有了分數的競爭，語言就從「技能」變成了「學科」，我們開始研究、分析、記憶，而不是學習、模仿、練習。然後，很會讀書的孩子，要到了分數，爬上了塔尖，卻鮮少享受語言學習的樂趣；不太會讀書的孩子（比方說我），則成爲了犧牲者，從此爲自己貼上了「英語不好」的標籤，避英語唯恐不及。

皓雲的這本書，專治這種「我的 XX 語不夠好」的心魔。放下你完美主義的偶像包袱，撕下你失敗者的負面標籤，找回你的語言習得本能。

中文加上書寫的難度,被認定為幾乎最難學的語言。這麼難的語言,你不只學會了,還能用它來吵架、拿它來殺價。然後你跟我說英文好難,學了很久都學不會?這裡面肯定有魔鬼作祟!

就讓這本書,成為你的聖水、十字架,把語言學習的錯謬髒東西,通通趕出去!擺脫心魔罣礙,找回開心自在,悠遊語言之海。

「好的教學者，才能夠寫出好的學習書」，皓雲老師的教學，一直都是有「笑」有趣又有用，讓學生能在開心中學習，卻又擁有帶著走的語文能力。現在，她把對語言學習的核心概念，寫成了這本《懂語感，無痛學好任一種外語》，相信同樣也能讓大家有「笑」學習，學得有「效」。誠摯推薦！

——王永福（《教學的技術》等書作者、教學及簡報教練）

我中學英文平均 97 分。我像作者所說，朗讀、自言自語、大量聽說讀寫培養語感，出國敢跟老外聊天。擋在你跟老外之間的，不是語言，是錯誤的學習方法。那麼從這本書開始，愛上一種新語言，拿回你在老外面前的話語權。

——火星爺爺（企業講師、火星學校創辦人）

語言學不好，有時則是因為「目標」過於籠統。目標不明或超過自己所能達到的境界，做再多努力，也注定要半途而廢。語言是「不用就沒用」的技能，學再多沒有輸出，學起來的東西，不過是曾經暫留腦內的殘影罷了。本書清楚地傳授如何設定合宜的目標，聚焦於達成的方法，並藉由不斷累積輸出的軌跡，把習得的單字與句型，應用於正確的情境，學進來的東西，方能內化成腦中的知識。學好一門外語，並非只是學習一種語言，它能打開你的視野與世界接軌，並豐富你的生命。皓雲老師傾囊相授她多年的外語學習經驗，集大成於這本外語學習寶典，如果您正在學習外語，有了此書加乘，就如同擁有一把利斧，能讓您迅速掌握正確、高效的學習法。一旦建立起正確的學習觀念，接下來的道路，就如同賽事終點線前的緩長坡，令人擁有終將完賽的信心與成就感。

——王心怡 Hikky（「小狸日語」創辦人、日語講師《日語 50 音完全自學手冊》作者）

學習語言的路上，多少人陷入流沙中，將熱情耗盡而只剩沮喪的心情？這上百年來的學習方法，就像聖修伯里在《風沙星辰》的那張完美地理地圖，讓許多人從開始學外語以來，就因為遵循這地圖，使用不適合自己的方法而無法順利完成航程甚至陣亡！即使用了許多有別於 1.0 版老方法，升級為 2.0 版使用多媒體及網路資源，外語能力好像仍然停滯不前。幸好，Yolanda 老師像主角的老經驗好友，提供 3.0 版適合每個人的學習地圖。不只是因為 Yolanda 經驗豐富，還懂得許多新的教學理論，以及把自己「打掉重練」重當學生的體驗，化為許多方法，適合不同身分、需求的忙碌現代人。書中不會有「蘊藉含蓄」的抽象理論，只有「悉入目中」的明確方法，還經過其語言中心上千名學生的「人體試驗」，完全吻合我多年的經歷，邊讀邊覺心有戚戚焉，絕對有效！

「他們能做的，我一樣也能做到！」

——王冠欽（澄清醫院耳鼻喉科醫師）

我從國小開始補英文，在老師要求下幾乎背完課本中每一課，但剛到美國仍然一句都聽不懂。「語感」對我來說一直是很想得到、卻虛無飄渺的概念。在美國職場的強烈洗禮過後，我完全認同老師這套方法！只是，為什麼不讓我早十年知道呢？

——Jill 張瀞仁（美國非營業組織 Give2Asia 家族慈善主任）

人人渴望找到一本學習語言快狠準的葵花寶典，可惜那是上帝之門的無字天書。學習語言的路徑就是「跟著時間走」：時間永遠保持它的不息和恆常，跟著游老師周教列國七十五，中西經驗有二十，嫻熟語言三四種，她這本書告訴您「跟著時間走，時時無痛語感成」。

——張淑英（清大外語系教授，西班牙皇家學院外籍院士）

從事成人教育十多年，我接觸過非常多的講師。我最欣賞的一種講師特質就是，對方是否「長期實踐」他所教的知識，而且本身是否「持續學習」！我們很難相信一位不愛運動的健身教練，或是平常不進廚房的烹飪老師對吧？游皓雲老師在「語言學習」這件事情上，本身就是位熱情的「實踐家」與「學習者」。我會強力推薦這本書，因為我相信所有學語言的人都能從她的親身經驗中獲益！

——Bryan 姚詩豪（大人學共同創辦人）

這是一本幫你找回語言學習初衷的書籍。

我們大家學語言，一開始都是希望活用一門語言，或是希望自己的親人或孩子能活用一門語言。但錯誤的學習方式卻會快速的耗損動機，讓人停滯、讓我們再也不想學習。這也是為何我們大部分人的語言學習之路，都常常是半途而廢的。

但實際上，我們要學通語言，關鍵不是背多少單字、不是考檢定、不是處罰、不是逼迫，而是怎麼透過讓這整個學習有趣、有用、又有明確進步感。皓雲在這本書中，跟我們分享她自學多種語言的經歷。尤其在這些經歷後，她的體悟，以及她的改變。書中詳細分享了，你該怎麼改變學習的順序、學習的認知、學習的方法、尤其是學習的動機。

如果你是一個花了很多時間、花了大把精力，但總覺得語言學習成效不彰的人，或許你該看看這本書，重新建立你的認知與方法，你就會看到不一樣的自己了！

——Joe 張國洋（大人學共同創辦人）

我是皓雲教過的數千、萬學生之一。她具備了一位好老師的首要條件、擁有教學的熱忱,正像我遇過那些優秀的棒球教練一般。她也是位講究教學方法的老師,沒有填鴨、沒有壓迫,而是從引導興趣著手起,再輔以聽說讀寫的順序達到最佳效果。這是本好書,不論你學哪種外語,相信它都管用。

——曾文誠(知名球評、作家)

教育的本質在於全人的培育,而不是單純的技能傳授。游老師的教學方法,實實在在的體現了全人培育的宗旨。

學習語言可以是一件乏味的事情。可幸地是從游老師身上學到的,不單只是文化、句型、聲調,而是整套的溝通方法與文化基礎。加上耐心的鼓勵,生動的教材和語境的例子,學員在每一次上課時都可以很快的在不知不覺中學到語文的精髓。

很期待看到這本書問世。使各方學習外語的學員,可以水到渠成、事半功倍!

——黃漢森(史丹佛大學電機系教授)

我在外商,首次與澳洲老闆的面試經驗雖然落漆,但憑著我對英文的語感,進入了人人稱羨的幸福科技業;六個月後,透過自己的苦學,將國、高中時代的英文語感大量輸出,讓我度過外商試用期,才順利開展往後五年在外商業務主管的輝煌歲月。如今有了這本書,您不再需要苦學,只要懂得本書的語感實務做法,您也可以跟我一樣,輕鬆學好語言。

——謝文憲(企業講師、作家、主持人)

皓雲老師具有豐富的語言學習和文化交流經驗，這十幾年來，她將自身的體驗應用到外語教學，結合源源不絕的熱情和創意，開發出獨到的學習方法。透過這本書，老師和學生都能掌握祕笈，對症下藥，無痛學好外語。

——謝佳玲（師大華語文教學研究所教授）

　　我非常喜歡書裡 Yolanda 老師教與學的現場故事，越讀越是心有戚戚焉，Yolanda 老師也探討了許多台灣人面對外語時常有的盲點和問題，相信可以解開許多人的語言疑惑，找回你的語感、讓學語言變成你的樂趣，推薦給所有學語言的人。

——謝智翔（多語咖啡社團創辦人）

如何用健康宏觀的心態，
讓語言學習成為人生樂趣？

2008~2010 年我在當時的邦交國多明尼加教華語，帶過一個兒童班，某天下課，媽媽來接小孩，看了小孩寫得歪七扭八的中文字，說：「哇！這都你寫的啊！這麼棒！」然後跟我微笑，打了個招呼，我們開始閒聊，完全沒談課程。

離開時，媽媽沒有任何指令／要求，孩子主動用中文跟我說「再見」，我當然也用中文回應「再見」。媽媽逮到機會馬上讚美：「哇！你可以跟老師對話了啊！」

小孩一臉驕傲！

他們整期都是嘻嘻哈哈地來上課、嘻嘻哈哈地回家，你說他們有沒有學到東西？當然有！更重要的是，中文跟他們產生了良好的連結，一直到我回台灣後，有些學生或家長還會和我聯絡，跟我說他們找到什麼其他繼續接觸中文的方法。

同樣的場景，我在台灣教兒童課程 6~8 年的期間鮮少發生。家長來接小孩，大多急切想知道當天學了什麼、有什麼功課。學了一陣子，就會焦慮地來找老師問進度、何時可以考檢定。

孩子小時候不懂，反正上課好玩，也就繼續來。等他們稍大，有的學習興趣漸漸被打壞，來上個課，還得一天到晚被問進度、被要求去考試，誰會自在呢？換作是大人，也沒有人喜歡被這樣對待。

試問如果你的另一半出學費幫你報名英文課程，你每天上課後回到家，他就問你：「今天學到什麼？」「你覺得多益差不多可以考到多少

分了？」「我花錢給你去學，你怎麼都沒進步啊？」你大概也會想直接把錢退給他，叫他閉嘴！

那麼，我們爲什麼要這樣嚴苛地對待已經認眞學習的孩子，或平時都努力學習，只是偶爾力不從心的自己？

20 年的語言教學人生中，因爲有 10 多年的時間投入教外國人華語，我累積教過超過 75 個國家以上的外國學生。

同時我也在教台灣人西班牙語，面對不同族群、進行兩種語言教學的密集切換，讓我有許多機會，近距離觀察到各個國家學生不同的學習習慣和思維。

我不想以偏概全地說某個國家的學生大多怎麼樣，因爲每個國家都存在各種不同的學生。但是我必須要說，比例上眞的有較多的西方國家學生，願意用一個相對健康、宏觀的心態，來看待語言學習。

我先來分享多數台灣學生最喜歡問的問題：
1. 老師，我「多久」能學會這種語言？
2. 老師，我「已經」學三個月了，怎麼都還是聽不懂外國人說話？
3. 老師，這些文法有沒有「句型公式」？這樣背比較快。
4. 老師，這些文章有沒有「單字表」？
5. 老師，我還要學「多久」可以去「考檢定」？

以上這些問題，無論是成人學習者幫自己問，或幫正在學語言的孩子問，都非常常見。

學了一定要有具體成果，花了時間一定要在短期內看到回報，有公式、有整理好的表單最好，這樣對考試才有幫助。

這些，我不能說是完全錯，可是過度關注這些，會不知不覺耗損掉你學語言的樂趣。

你或許會說，「樂趣」能吃嗎？能變成分數、工作的成就，或變成錢嗎？

是的，「樂趣」不會直接變成實質的回報，但沒有「樂趣」，我更加確定你不會得到你想要的分數或金錢，特別是在我們都已經進入職場，每天有責任要完成、一大堆的身分要切換的時候。

語言不同於很多其他的技能，它得大量時間投入和累積，特別需要長期續航力。學開車，狂練一個多月後就可以考駕照；學樂器，幾小時之後可以演奏一首簡單的歌；學簡報，投入時間上課練習，一兩個月後的簡報就有可能脫胎換骨。

學語言，如果方法沒學好，投入幾百個小時，路上看到外國人還是會傻住，就如同許多台灣人的英文學習悲劇。

如果學開車是百米賽跑，那麼學語言就是一場 42 公里的馬拉松。

我教過的 75 個國家的學生中，學得又好又久的學生，不分國籍，都有以下共通點：

1. 隨時保持愉悅心情：講對了給自己鼓勵，講錯了也哈哈笑，突然不會講也哈哈笑，反正老師會教，再講一次就對了。人的記憶跟情緒很有關聯，情緒在正面的頻率上，能連帶幫助記憶。

2. 開放心胸接受一切：新的語言一定會有和母語不同的表達方式、思維，他們的第一個反應一定是：「哇！沒想到有語言是這樣的，真有趣！」絕對不會是：「怎麼會有語言是這樣的啦！太麻煩了吧！我的母語ＸＸ文就不是這樣啊！」

3. 過程本身就是目的：他們一樣會希望自己每天都有進步，但他們不會一直硬要用進步成果來檢定自己。他們不會一直想知道自己現在會多少個單字、學過幾種時態、什麼時候可以考檢定考試拿證照。

4. 徹底享受學習過程：學習的過程充滿樂趣，保持開放、好奇，得到語言上的進步成果，只是水到渠成而已。

5. 大量接觸培養語感：他們樂於創造任何形式的練習，相信持續接觸所創造的語感，比看似速效的文法整理，檢定衝刺更能幫助自己掌握語言。

換句話說，他們並不是天生資質特別好，或出生在多語環境，更不是每天抱書苦讀。而是他們心態調整得當，學習的內容，自然能夠順暢吸收。

學好外語沒有什麼了不起的祕密，如果說上面這 5 點是我看了 75 個國家的成功學習者之後整理出來的「國際通用心法」，你願意站在這 75 個國家的成功案例的肩膀上，一邊讀這本書，一邊把心態確實調整好嗎？

目錄

寫在 前面　我如何突破語言學習盲點？

Chapter 1　學習新語言的基本概念

Chapter 2　制定適合自己的學習規劃

Chapter 3 聽說讀寫，學習技巧

Chapter 4 外語學習迷思破解

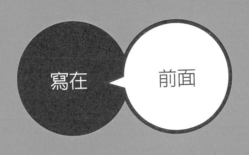

寫在　前面

我如何突破
語言學習盲點？

01
「有趣」是學外語的最佳動力

高中時期，我平均成績都全校吊車尾，因此讀書時間大部分都拿來補救弱項，英文是唯一成績能看的科目，只分配到最少的時間和資源，卻仍只有英文這科維持在領先群，讓我在升學環境還保有一點尊嚴，都要歸功於小時候建立的正確學習方法和心態。

這套方法拯救了我高中的平均成績、靠著英文加重計分大爆黑馬，考上輔大新聞傳播系（我高中三年的成績原本是接近落榜邊緣的慘況，考上輔大真的是英文帶給我的奇蹟）。

大學四年，同學都去便利商店打工一小時賺 70 元，我去補習班教兒童美語一小時賺 350 元，之後透過同樣正確的方法，學會了西班牙文和法文，甚至因而得到外派中南美洲的工作機會，看到獨特寬廣的人生。

更重要的是，它讓我一輩子喜歡語言、不怕接觸語言、隨時隨地要開始學一種新的語言，皆無心理負擔，很有信心能在一定的時間內達標。

或許你會問，畢竟學那麼多語言也不知道要做什麼？擅長學習語言有什麼好處呢？

好處可多了：

1. 拓展認知邊界：別人上網只有追中文世界找得到的韓劇、日劇、美劇，你可以追另一個世界的歐洲劇、拉美劇、阿拉伯劇，你可以接收到的資訊、娛樂、創意能量思維及對世界的認知，遠遠超越其他人。

2. 旅行自由無礙：出國旅行，特別是英文不通的國家，仍可完全自主，也不用因為語言障礙，而非得去跟那種走馬看花的團不可，你知道如何在短期內，把旅行要用的語言建立起來，毫無拘束走透透，獲得自由而深度的旅行體驗。

3. 爭取職場先機：你隨時有可能被公司外派、送去國外出差，或甚至是在台灣接待外國合作夥伴，短時間內就可以很有方法地把基礎對話的能力準備好。別人還在因為擔心語言不通、不敢衝，你已經在用對方的母語跟對方喬行程、拉關係，鐵定會有更多機會被看見。

成為語言老師後，教學 20 年來，碰過無數職場菁英學生，卡在沒有必要的過度焦慮、錯誤學習觀念、負面信念、以及硬要使用看起來很厲害，但其實完全無效的學習方法，錯失很多升遷機會。

太多課程只硬塞知識，叫學生練習考試技巧、背文法、背單字，卻不教學生該怎麼面對一種新的語言、如何針對目標高效學習，讓人越學越難。

因此，我想藉由這本書，分享我在語言學習及教學上，看過的錯誤、踩過的坑，並整理來自 75 個國家學生的成功心法，提供讀者一套便於實踐的方法。

抓對方法，學好一個外語，真的沒有你想的那麼難。

兒時的美好學習經驗

回想我整個英文學習歷程，我認為得到好結果的關鍵是：從小開始，沒有任何一秒鐘有人逼過我學英文。

英文補習班的課程，是我看到同學在看漂亮的英文書，念英文的樣子又好酷，拜託媽媽帶我去報名的，從開始學英文的第一步，就是我自己的決定。

報名只是第一步，接下來的重點是，為什麼七歲的我，一路自願補習到國中，甚至捨不得請假？

當時我那一班有一位中師和一位外師，我記得第一位中師叫 Debbie，長頭髮大波浪捲、很年輕、開朗，上課常常大笑、很會帶遊戲、跟外師講英文的時候既流利又自然，小女孩都會很容易欣賞二十多歲的大姊姊，Debbie 老師瞬間成為我的模仿對象，我超想變成她那個樣子的。認同老師，上課自然是享受。

因此外語補習班有中外師搭配是很好的，很多家長會迷信外師才是正統，卻忽略了學生可以看到中師和外師用外語互動的樣子，也是重要的學習刺激。我們畢竟無法變成外國人，或許一輩子也無法丟掉台灣腔，但是跟外國人用外語流利對話的中師，就很能夠成為我們的模仿標竿。

除此之外，每一堂課都是從一個動態遊戲開始的，有時候是拍字卡、猜單字、比造句速度，通常一上課氣氛就很熱絡。課堂上超過 70% 的時間學生都很忙，忙著比賽、搶答、操作一些教具，老師每次都會有新招，穿插帶動唱、角色扮演，另外，小時候得到的學習方法也很符合高效學習的原則，不知不覺為我的英文打了一個不錯的

底，國高中六年升學期間，英文是許多同學的惡夢，而我幾乎都能輕鬆過關，而且每一次都很期待下一堂課。

雖然補習班也不免會有討人厭的考試、默寫、抄寫作業，但為了去參與英文遊戲，我甘願接受那些寫作業和準備考試的不舒服，對孩子來說，「有趣」就是最大的吸引力，而後成人教學的經驗告訴我，其實對成人也是如此。

透過遊戲、競賽，說英文漸漸從生硬進入自然反應，而且講錯、考不好根本不會怎麼樣，頂多沒有贏而已，不會被罵、被處罰。在那樣的學習環境待了四年，要怕講英文應該也很難。

整個學生時代，我都超愛英文的，倒是學校其他的科目如國語、數學、自然，一直都吸引不了我的注意。我的國文爛得要命，連默寫課文都會不及格，原因很簡單，我在學校的國文課很少是有趣的，老師也從來不告訴我們這些有什麼用。背那些古文／修辭法有什麼用？沒人會用那些字句跟人溝通，為什麼要把大好青春花在這些死知識上？十幾歲的年輕孩子哪裡想得通？

除了成功的課堂設計之外，我父母 100% 開放的態度也是功不可沒，他們沒有任何一次催我寫英文作業、督促我準備小考，他們只是誠實地幫我簽每一次的聯絡簿，我做了什麼就簽什麼，沒做什麼也照實回報。

就是因為沒人逼、沒人盯，未成年的我擁有完整自主權，這件事在我心中才會一直是件「有趣好玩、可以繼續做下去」的事。

　　我們常常覺得小孩子的功課需要自己在後面緊迫盯人，可是請問小孩打電動、看漫畫的進度需要盯嗎？拜託他不要做他都會繼續做，爲什麼？因爲那些事情本質上就是有趣好玩。

　　那麼我們爲什麼要讓孩子去上無法引起他們興趣的課，然後再創造一大堆規矩來搞壞親子關係、搞壞孩子對語言的興趣？到底是眞的爲他好，還是只是爲了消除家長的競爭焦慮？

　　我們需要做的，是幫孩子或是幫自己，找到一個你眞心喜歡上語言的學習環境。考試、檢定成績那些考量都請先放下，只要先眞心喜歡這件事情，給出充裕的時間和自由度，那麼期待的那些成果，不用刻意追逐也會水到渠成。

02
讓語言學習與「美好記憶」連結

　　1999 年，我爆冷門靠著英文的加重計分，考進輔大新聞傳播系。讀新聞傳播是我從國小就有的目標，因為當時的我愛棒球成痴，女生無法打職棒，那當棒球記者總可以了吧？至少每天都可以混在球場，又可以名正言順地和球員們談論棒球。

　　新聞系的四年，我想盡辦法爭取到運動媒體的實習機會，當時的球隊偶爾會開放大學生申請校園記者，去幫他們寫球隊刊物，這種任務對新聞系的學生來說就是絕佳的實戰演練，我想我不僅要努力申請，還要挑戰寫沒什麼人敢採訪的洋將挑戰專訪。

　　一查才知道，大部分的洋將來自多明尼加、巴拿馬、墨西哥、古巴等等，母語並不是英文，而是西班牙文。再研究一下，原來小時候追的那些國際棒球賽，常常得牌的棒球強國，也都是這些中南美洲講西班牙文的國家。

　　態勢很明顯了，從小還算自豪的英文，在棒球領域似乎並不那麼關鍵，再說大部分記者都懂英文，用英文採訪洋將我毫無優勢，要翻譯美國職棒的外電新聞，英文再好也寫不贏那些資深記者前輩。

　　但是西班牙文就不同了，如果到現在你都覺得西班牙文算冷門，那麼二十多年前學西班牙文根本就是會被當作怪咖，而能夠流利說西班牙文自然會非常容易被記得、被看見。

因為之前學英文的經驗都是美好的，我就覺得再學一個西班牙文，應該也難不到哪裡去。大一讀完第一學期，我就跟小時候一樣，自己去找了補習班，跟家長說我要報名。

我如何度過學西班牙文的多次撞牆期？

在那個沒有 YouTube、臉書、Podcast 的年代，在台灣學小眾語言，資源非常稀缺，要找西班牙文的練習機會，就只有四件事可以做：

1. 去台灣各大學有教外國人中文的語言中心，張貼西班牙文的公告，找外國學生來做語言交換。

2. 在聊天軟體上隨機搜尋講西班牙文的外國陌生人（當時最流行的是 ICQ），直接表明我想練習西班牙文，要不要跟我打字聊天語言交換。

3. 去台北重慶南路書街上的中央出版社（現在的上林文化[1]），買一些又少見又昂貴的進口西班牙文教材、過期雜誌、繪本等等。

4. 去法雅客 FNAC 站在西洋音樂區，用他們的試聽耳機，聽幾張有開放試聽的西班牙文歌曲 CD。

大學四年，上面的 1 至 4 點我都很常做，起碼跟二十位陌生人語言交換過，去補習班教英文賺來的錢，不是拿來買西班牙文雜誌、

---

1. 台灣賣歐語教材最完整的實體書店：上林文化、敦煌書局。

CD，就是看棒球。

大學時代的同學們，到了週末最熱衷的就是唱KTV、上餐廳吃好料、看電影、打保齡球，我則是毫無懸念地往西班牙文補習班跑，跟陌生外國人語言交換，或是泡在法雅客站著試聽西班牙文CD。

動力哪裡來的？回想起來，主要有四個：

1. 學外語＝快樂的美好連結：小時候想到學英文，都是又好玩、又有成就感，那麼換成西班牙文理當也是如此。

2. 想像已達標的自己：我常常想像在球場上自己用流利的西班牙文採訪欣賞的洋將，旁人都露出不可置信表情的那種畫面，一定很拉風。甚至也會把小時候英文補習班的中師和外師流利對話的樣子放在腦海裡，覺得我自己再努力一陣子，很快就可以做到老師的那種水準。

3. 不斷認識新世界：因為我常常找外國人做語言交換，大學期間就接觸到了七八位不同西語系國家的交換學生和國際工作者。

我從祕魯學生口中聽到他們分享最接近原貌的「馬丘比丘[2]」；從西班牙藝術家口中學習到，原來「光線」這個元素也會被獨立當作藝術品來創作；從阿根廷商人的口中得知，原來有種優雅內斂的舞蹈叫做阿根廷探戈，跟刻板印象中用力甩頭的那種英式探戈完全不同，一聽就愛上這種調調的音樂，後來還真的因此去找了阿根廷探戈的課程來上。

---

2. 祕魯前哥倫布時期時印加帝國的著名遺蹟，是世界新七大奇蹟之一。

即使在現在這個網路上什麼都查得到的時代，親耳聽到一個活生生的當地人用他的語言把他的自身文化說給你聽，仍然是一種無可取代的體驗。

4. 獲得社交炫耀的虛榮感：跟這些外國朋友走在路上的時候，我們講著旁人都聽不懂的語言，旁人總會問：「你們在講的是哪國語言啊？」當我說出「西班牙文」的時候，對方不免會露出欣賞、讚美、甚至讚嘆的表情，我必須承認這種被認可的感覺既虛榮又光榮，反正它就是可以成為一種學習的動力，就算是想要拿語言能力來炫耀又怎麼樣呢？

其實很多人學外語，要的不是外語能力本身，而是要那個很會講外語、很有面子的自己。那麼，盡量把你想要達成的那個「很有面子」的場景去想像得清楚、具象一點，並且每個學習階段都要讓它發生──就像我西班牙文還沒學多久，就去找外國人語言交換，然後在街上講西班牙文得到別人的讚美，學習的動力就能夠源源不絕。

03
語言學習成功與失敗的關鍵

　　其實在教兒童美語以及在多明尼加外派那幾年，斷斷續續上課學了一點法文，身邊也有幾位講法文的外國朋友，偶爾會一起出去玩。

　　因為西班牙語、法語、義大利語和葡萄牙語，都來自拉丁語系，會了其中一種，要學第二種會輕鬆很多。所以我決定學法語，完全就是覺得應該不會太難，想當興趣學學看，沒有像學西班牙語那時候帶著想看棒球、在工作上使用的堅定目標。

　　也因此我學習的過程非常隨性，每週上一堂課、找母語者做語言交換，每二至三週見一次面，隨意談話，沒話題的時候，就拿課本出來請對方問我問題。

　　結束多明尼加的工作回到台灣後，我打定主意長期投入語言教學，於是報考了華語教學研究所，花了三年拿到碩士，並且開了一間自己的語言補習班，主要教台灣人西班牙語、外國人華語。

　　開業第二年，我有意發展其他歐洲語言，一位法語母語者來到我教室面試。

　　整個研究所三年我都沒有講過法語，那位法語老師走進教室，我只是先用法語跟他打個招呼。

　　他坐下之後，我試著用法語問他一兩個簡單的問題，像是「來台灣多久了？」「以前在哪裡教過法語？」這一類非常初學者的句型。

沒想到他的回答我也都聽得懂，我們就這樣用放慢 0.75 倍的語速，一路用法語面試到結束。

他離開後，我很確定因為某些原因，這位老師不適合一起開課，但是我非常驚訝於我竟然在三年沒碰法語、也沒有特別準備的情況下，可以用調慢一點的語速，把整個面試流程走完。

自我分析之後，我認為原因有三個，都跟我當時學習的過程和方法有關：

1. 不刻意背誦，但大量接觸：我會把課本學到的單字句型整理成自己的筆記，但從來不強求自己把它背下來。我只是去看它、寫它、聽它、上課時用它講話。我用各種方式大量接觸法語，時間累積夠了，這些資訊自然會進入記憶。

2. 不要求甚解，但接受一切：一開始不免會帶著西班牙語的邏輯去學法語，遇到兩者文法結構、表達方式不同的時候，有時候也不一定馬上就能弄懂，這時候我通常就是「擺著不理它」。等老師講解完，我就假裝自己懂了，先硬模仿把句子說出來再說。

另外也時刻提醒自己，法語就是法語，跟西班牙語、英語有所不同本來就是正常的。

像是法語的數字就很令初學者崩潰，70 要講 60+10、80 要講 4 個 20、95 要講 4 個 20+15，西班牙語和英語每個數字都有一個自己的字，為什麼法語要一邊講數字一邊算數學？

你當然也可以去查一下語言學上的典故，但是這對初學者的表達並沒有實質幫助，每個語言本來就有自己的一套系統，先接受它、和它相處，很多事情時間到了自然就會通。

3. 不以成績為目的，反而會達成目的：接觸法語的那幾年，我從來沒有拿檢定考試來給自己壓力或困擾自己，我純粹就是老老實實地每天接觸一點點，有機會就跟講法語的朋友出去，或看看法語電影。說起來很接近學母語的方法，生活中隨時都有它，沒有特別辛苦去經營什麼，自然累積出一個成果。

我承認如果一直都抱著如此佛系的態度去學語言，你可能會面臨到了中級左右的程度，會卡在一個地方上不去。畢竟從能掌握到精通，的確是需要經過某些設計過的刻意練習。

不過說實在的，如果你現在的程度，是初級或接近於零，那麼不用操之過急，之後的事情就等時間到了再處理就好。先用一個撐得下去的學習方式，讓自己從初級進階到中級，等到具備中級能力，你也有能力為自己去規劃後續的學習目標了。

學語言卡關的原因不一定是自己

看到這邊，你可能會覺得我或許天生有點學語言的天賦，要不然怎麼從小英文就很順利，後來西班牙文、法文也都學得起來？

其實不然，我也是有搞不定的語言，而且還是很多台灣人都學得很好的日文。

從大學時期到現在，我起碼去過四間不同的補習班上日文課，每次都從 0 重新開始，但是到現在，還是無法用日文跟母語者對話，真的是連一分鐘都撐不完。

以我重複學過這麼多次、繳過這麼多次學費的投入來說，日文實

在是挺失敗的。原因是什麼呢？經過我自我觀察，列出以下三點：

1. 文化認同度低： 我打從心底對日本的語言文化沒有特別的認同感。像是日本人說話比台灣人還要拐彎抹角、女性說話總是輕聲細語的形象、凡事都要按照 SOP 超級要求精確的做事風格，我都覺得自己格格不入。（特別說明：我沒有批判日本文化的意思，我指的是我自覺個性套不進這樣的文化生態。）

2. 課程無法引起動機： 在台灣起碼找過六位不同的日語老師，包括補習班團班、個人家教、線上課一對一老師等不同形式，一直沒有遇到一個會讓我「一直想要去上課」的老師。

學西語、法語的時候，我光是想到上課可以跟老師對話，就讓我興奮期待，但是日語完全沒有。我想這跟他們相對比較中規中矩、充滿 SOP 的教學風格有關係，我幾乎都可以預測到這些老師們下一秒會做什麼，課堂都在預期之內，沒有驚喜，自然就不會期待。

3. 違反語感的學習方法： 每位老師都堅持從背好 50 音開始，前幾堂課都在考 50 音聽寫。我明明就是那種可以先把整段對話都背起來，跟老師對談的學生，甚至每堂課新上的句型，我也都很快可以模仿說出來，在班上明顯是口說反應快的學生，但從來沒有因此得到什麼口頭鼓勵。

反倒是 50 音的聽寫不斷地受到強烈挫折，多一筆畫、少一筆畫，都是直接被紅筆圈起來扣分。

我總是弄不明白，如果我學日語的目的是看我愛的《哆啦A夢》卡通、去日本旅行、跟日本人交交朋友，到底有什麼必要花時間去把 50 音的手寫練到完美？那個時間拿來練對話，不是更有幫助嗎？

關於學 50 音，最經典的一次是，我好不容易又重新培養起學日文的動機之後，在某線上平台找了一位有十年以上教學經驗的老師。第一堂試上課，我向老師說明了之前的失敗經驗，表明我希望這次可以跳過 50 音，直接從對話開始，不但被拒絕，還整堂課都被針對，老師堅持要我先學 50 音的基礎發音，並且逮到機會就近似於半羞辱地對我洗腦：「你看這個例子，你如果不會 50 音要怎麼學下去？不會 50 音是沒有『資格』往下學的。」

感謝這位非常堅持教學理念的老師，我那個中斷多年之後想重新學日語的熱情，馬上又被冷水澆熄。

我乾脆寫篇部落格，把這些經驗都分享出來，沒想到吸引到一位日語老師的注意，主動跟我聯絡，表示可以按照我希望的方法，跳過 50 音和閱讀，直接從聽說訓練開始。

或許是把明確需求寫出來之後，宇宙感受到我對它下了訂單，後來我又在 italki[2] 上很快地找到一個「非常贊同語感學習理念」的日本籍老師，也願意跳過 50 音和發音細節，直接從對話開始，到這本書截稿為止，我已經持續上了 40 多堂課，進步很有感，第一次覺得我的日文得到希望。

這個學習實驗目前還在進行中，這 40 多堂日文課，95% 以日文互動進行，終於克服了日語永遠都在初學的魔咒，願意安排出時間一堂一堂課往下學。

---

2. 成立於 2007 年，是一個讓你根據自己的目標和興趣進行一對一課程的線上語言學習平台。

　　如果你學語言總是在某個地方卡關，千萬不要認爲一定是自己的能力、天份的問題，可能有問題的不是你，而是你找到的學習資源或環境需要調整。

　　因此，卡關時先不要急著放棄，我建議以下三個思考步驟：

　　1. 該語言的文化是否吸引你：這個民族的價值觀、表達方式、文化產品（像是流行歌曲、戲劇、舞蹈藝術等等），有沒有特別吸引你之處？必須要有一個對你來說是亮點的點，才會支撐你長期投入時間去學這個語言。

　　2. 自我分析目前的學習環境：去上課之前的心情是期待、興奮？明明下了班很累也還是捨不得請假？還是即使根本不忙，也沒有動力去上課？甚至不用出門的線上課，你也是老想找藉口請假？不適合的課程就淘汰，寶貴時間成本要投入在有趣又有效的學習。

　　3. 自我分析目前的學習策略：你是聽說型的學習者，還是讀寫型的學習者？現在的教材內容，符合你的需求或興趣嗎？比如如果你學日語的目的是去日本旅遊，你其實沒有必要學複雜的文法，也不必忍受枯燥的 50 音背誦聽寫，而是應該跳過傳統流程，盡快開始大量練習口說。

04
透過接觸新語言找出學習盲點

近幾年來，我每年都會給自己一個挑戰全新語言的任務，除了學語言本身就是我的熱情之外，我也同時策略性地透過學習陌生的外語，去體會學生在我的西班牙語課、華語課堂上的感受，進而得到優化教學設計的靈感。

某一年，我選擇了俄語來挑戰，主因是俄語使用人口也算多，而且字母系統不是我們熟悉的 ABC，完全符合我想要挑戰「從零開始體會學習者感受」的需求。

上課之前，俄語老師先透過網路了解我的目標，我的回答是希望能先從俄語對話開始，而且我身邊的確有幾位俄國的朋友，希望能先有基礎對話能力，我和他們用簡單的俄語社交。

老師算是有針對我的需求，做些微的教學調整，沒有花那麼多時間在字母記憶的訓練上，在第一堂課就有給我一些短對話的練習。

但我仍覺得，發音教學的時間比重太多，每堂 2 小時的課，大約 40 分鐘在做機械式的字母發音練習，從這個過程當中，我明確體會到，給予沒有對話基礎的初學者一大堆單字來練發音，幾乎是白費力氣。

拿中文來比喻，如果我們要教外國人中文注音符號「ㄓ」的發音，我們或許會列出幾個帶有「ㄓ」的詞彙，比如說「知道」、「豬」、

「桌子」、「眞的」，接著反覆帶著外國人一直念這些詞，直到他們把「ㄓ」的發音說標準爲止。

這個練習對於已經有一點中文對話基礎的外國人來說，會是有用的，因爲他可能已經知道這些詞要怎麼應用在對話場景裡，只是發音不標準，所以幫他整理一下，讓他加強印象：「喔～原來這些詞的發音都有一個『ㄓ』，他們聽起來應該要有一種共通性。」

但是如果是對於一個接近零基礎的外國人來說，這樣的練習意義不大。因爲：

1. 四個詞對他來說都是新的詞，他只能硬跟著老師說，就算發音對了，他也不會用，也不代表他把詞用進句子時，發音就會正確。

2. 他現在沒有任何語言基礎，可以讓他主動在眞實場景中「應用」這個詞，所以學了也是白學。

3. 這四個詞都是獨立的生詞，沒有關聯、沒有情境，只能硬背，很快就會忘。

事實上，大量的語言課堂，都仍在用這樣的教學系統，訓練各種語言的初學者。

西班牙語課堂上，第一天上課，先從 a 到 z 各取一個代表單字叫學生跟著念，看似在學字母發音，其實學生什麼也記不住。

日語課堂上，第一天上課，先把 50 音都列出來，每個符號各取一個代表單字叫學生跟著念，下課後學生以爲自己學會了 50 個單字，但是一個都不會用。

俄語課堂上，第一天上課，老師或許選了其中 10 個字母，每個

字母都各取一個單字，讓學生玩玩單字卡，看起來學會了不少字，但是俄語字母那麼陌生，學生只是在硬背強記，根本沒有多餘的腦力，可以把「聲音」跟「字母符號」連結起來。

所以，課堂上花了大把力氣，幾乎都是無效努力。回家還是要重新背，而初學者根本沒有能力意識到背發音會如此辛苦，是因為整個流程根本搞錯。

透過這個學俄語的體驗，不到 10 小時，我就看清了自己教西班牙語的盲點，馬上把自己的零起點課程打掉重練。

我把第一堂「教字母發音」的課程全部取消，改為從可理解的短句搭配小遊戲開始，然後層層堆疊，讓學生從一句變兩句、兩句變一小段，第一天上完 1.5 小時的課，可以完全不看稿，對著手機鏡頭，說出一段簡單的西班牙語自我介紹，並且發音清楚，西班牙語母語者也能完全聽得懂。

至於那些單字為什麼是那樣發音，什麼字母跟什麼字母會組合成什麼樣的發音，在初學階段，我讓學生全部放在一邊，大概到第三堂課開始，我再每堂課加入一點點，讓學生「漸漸」明白，為什麼這詞是這樣發音。

目前這樣的教學模式已經持續四年左右，版本仍然年年更新，但先聽說、後理解、最後才讀寫的教學核心不改變，效果比起以前簡直是倍速成長的好。以往要教 40 小時的內容，改版後，學生只要 20 小時左右就能掌握，並且學得更好更紮實，也更有成就感，想長久學下去的比例大幅提升。

大部分我們這一代的成人，過去的學習經驗，都是學字母→學發音→學讀寫字母→拼成單字→學文法→組成句子→最後才開口說話，

因此，「似乎學語言本該如此」的觀念已經植入大腦晶片，到任何學習機構去上課時，也不疑有他地接受這樣的教學模式，即使每次這樣學都又慢又辛苦，也很少會去質疑。

反倒是我們的西班牙語教學系統剛開始徹底改版（爲先聽說、後理解、最後才讀寫）的時候，因爲跟學生過去的經驗和認知反差太大，受到了少數新學生的質疑「爲什麼文字講義都沒給我們看就要我們講話？」「爲什麼不先跟我們解釋發音規則和文法觀念？」

因此我們把「讓學生知道爲什麼要這樣學」的說明也加入課程設計，成人學生願意接受新的方法之餘，也要打從心底相信這一套確實有效，感到安心，效果才能眞正發揮出來。

後來，我的俄語沒有繼續學，因爲「透過學俄語來優化教學流程」的目的已經達到，我也沒有實際要學好俄語的動力，所以 20 小時的課程結束，就暫告一段落。

讀這篇文章的你，或許不是教學者，可能會想「學俄語的經驗跟我有什麼關係？」

語言教學者透過學習陌生語言，可以看到原本的教學盲點，那麼學習者一樣也可以透過學習陌生語言，看到原本的學習盲點。

你是否一直卡在初學階段的發音，停滯不前？

你是否字母 / 50 音一直背不完，就覺得無法開口說話？

你是否老是堅持什麼都一定要知道「爲什麼」，才願意開口說 / 往下學？

透過我的親身經驗，建議你可以先放下這個你卡了很久的語言，跳出去學一個完全沒學過的陌生語言，最好就是像俄語這種字母系統完全不同的語言（阿拉伯語、泰語、韓語等等也都很適合）。或

者是文法邏輯完全不同的歐洲語言，像是西班牙語、法語、葡萄牙語、義大利語等等。

　　如果你實在沒有這些小眾語言的學習需求和動力，那麼跟我一樣，設定 20 小時左右的課程就好，你的目的就是透過學這個全新的語言，來找出學原本那個很久都學不好的語言的盲點。

　　這概念有點像是你總是要交過一個爛男友／女友，才比較得出來什麼叫做優質男友／女友。

　　20 小時的投資，如果可以讓你卡了 20 年的英文茅塞頓開，應該是蠻值得的。我自己有許多西班牙語學生也常跟我說：「學了西班牙語之後，才發現英語有多簡單，以前真的搞不懂自己在糾結什麼。」

　　選個語言，試試看吧！

Chapter 1

學習新語言的基本概念

01
抽象的語感如何建立？

你有沒有那種經驗，跟朋友去唱歌，朋友點了一首大家都很熟的歌，他唱一唱突然走音，就算只是一點點，你馬上就聽得出來？

你既不是音樂專家、也不是歌手，怎麼聽出來那一點點走音？

那就是所謂的「音感」，一種不知不覺累積出來的本能。

音樂有音感，語言就有「語感」。

學中文的外國人，常常會講出這樣的句子（語言學上稱為病句）：

「我想去看電影明天下午。」

「你要看電影跟我嗎？」

「什麼電影你想看？」

身為中文母語者的我們，即使解釋不出來為什麼，都一聽就知道這是錯的句子，這就是「語感」。

有音感，不用別人告訴你，你就知道唱對還是唱錯；有語感，不用別人告訴你，你就知道講對還是講錯。

至於清不清楚「為什麼對」、「為什麼錯」，並不是那麼重要，重要的是你的音感、語感 99% 都是對的。

語感要怎麼培養？最理想的方式就是像唱歌那樣，把正確的版本

自然而大量地輸入身體感官中，一直到內化成爲身體的一部分爲止。

沒有人在 KTV 唱歌的時候會一直想著這個音是 Do Re Mi Fa So 的哪個音，或是這個拍子是一拍還是四分之一拍，是正拍還是反拍。如果每個音都要經過那麼多思考，鐵定唱不下去。

爲什麼明明什麼都沒想，也能唱得對呢？關鍵就在於「**足夠自然而大量的輸入**」，聽的時候一定沒有音樂老師在旁邊講樂理、音樂結構，告訴你這首歌是 C 大調還是 D 小調。

你只是單純地聽，聽到旋律都進入身體細胞爲止。有可能不知不覺聽了十幾遍，去 KTV 的時候才會點來唱。即使不是在 KTV，沒有螢幕沒有字幕，我們邊開車也能一邊唱出來。

這就是所謂的「自然而大量的輸入」所累積出來的音感。

套用到語言上我們可以怎麼做？沒有什麼神祕的訣竅，就是大量地聽＋跟著說（唱）。

注意了，如果是一個下午聽二十首歌，每首歌聽一次，你隔天肯定唱不出來，對吧？想要學會一首歌，應該是同樣的一首歌聽二十次，聽到你都被洗腦了，想要唱不出來都很難。

如果是想要用這個概念來培養語感，方法就是：

同樣的內容反覆聽非常多次，熟練到幾乎能自然背起來爲止。

聽的時候可以主動跟著反覆說，這個練習方法叫跟讀(shadowing)，不要有意識地背，以免產生不必要的壓力。初期先當作背景音樂，像聽一首歌那樣，跟得上的片段就跟幾句，跟不上的片段就先放過。

同樣的內容，一再反覆聽，就像學唱一首歌，一直聽到八九成都

可以跟著唱出來為止。

唱歌怎麼做能記得起來，聽外語就怎麼做。不要思考文法邏輯、不要硬背。就當作自己在唱一首歌，只是講出來的那些聲音是一個陌生的外語而已。

這段練習，我們要的效果不是理解，而是語感，也就是以後聽到某個外語句子，你光靠本能判斷，就能知道這句話是母語者會講的？還是覺得「說不上來哪裡怪怪」的？

所以不要練著練著，又陷入「哎呀好多單字都不懂」、「那句話的結構為什麼跟我在課本上看到的文法公式不同」這些迴圈，那就失去了培養語感的目的了。

皓雲老師 語．感．教．室

1. 語感培養：足夠自然而大量的輸入。即使「文法不懂」都沒關係，語感的精髓是内化成身體自然反應，而非理解。
2. 看外語影片：同樣的内容反覆聽，直到自然背起來為止。

無痛學習心得

02
建立自己的筆記系統

最好的單字書、句型書，都不用買，因為自己寫的最好。

每個人的生活當中會最常接觸到的字都不一樣，市面上沒有什麼單字神書可以完全符合需求。我們應該做的，是把到處收集到的單字、句型，整理成一套自己的學習資料庫。

單字筆記

我自己的做法是，想要記下來隨手翻閱的單字清單，就按照「類別」，集中在筆記的同一頁（如圖）。

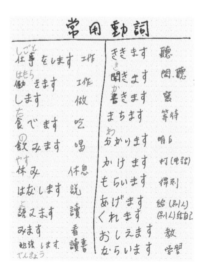

　　比如說第一頁是我常吃的食物、第二頁是我喜歡做的休閒活動、第三頁是我常去的地點、第四頁是常用的基礎動詞……。

　　如果是紙本筆記，建議用活頁紙，方便隨時增加、抽換、調動順序。如果是數位筆記，建議可以用 Excel 或現在很流行的雲端筆記 Notion[1]，一頁就是一個主題，一個檔案打開很有整體感，一樣也很方便隨時增加、抽換、調動順序。

　　不過多年的經驗告訴我，老老實實的手寫最實在，用手拿筆在紙上寫下來的身體記憶，無可取代。我常常會不記得自己用電腦打過什麼字，甚至儲存過什麼檔案，但手寫過的字，通常可以記得比較深而久。有時候突然想要查什麼筆記，我仍能很快可以從眾多筆記本中找到那本筆記本。

　　當然紙本筆記有攜帶不便的問題，量累積大了之後，也很難查找，近期我自己比較喜歡的方法是在平板上用數位手寫筆記，不僅保留手寫的記憶，又可以隨時攜帶大量筆記在數位裝置中。

　　目前用得最順手的是 GoodNote[2] 這個手寫筆記軟體，Notability[3] 也很不錯，它可以讓你無限增加各種雲端筆記本，隨時無痛調換順序、顏色、字跡大小，一個平板帶在身上，幾百幾千則手寫筆記就跟著你走。

1.https://www.notion.so/desktop

2.https://www.goodnotes.com/zh-hk/

3.https://support.gingerlabs.com/hc/zh-tw

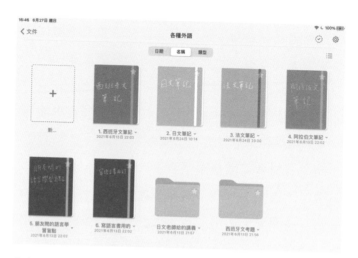

我在 GoodNote 的數位手寫外語筆記資料夾

句型筆記

　　同樣建議盡量打破課本框架，以「自己會用到的主題」或「自己思考邏輯」為主軸，一頁一主題。比如說第一頁是自我介紹的句型、第二頁是餐廳點餐的句型、第三頁是認識新朋友的時候會需要講的句子。

　　當然句型筆記多少還會包括一些文法時態、句式，或是做某種表達的時候，會需要查找的一些公式。比如說想要表達「如果我是你的話，我就會跟他分手」這種句型，在英文可能需要用到假設句、在西班牙文可能需要用到虛擬式跟條件式的動詞。

　　這時候手邊有一套自己整理過的公式清單就很重要。你能不能很快地查到假設句的 If 後面是哪種時態的動詞？如果是一套自己整理過的公式清單，第一次抄寫下來的時候不記得，第二次去查找它

加深了印象，第三次再查一樣的公式，應該就差不多記得了。如果沒有自己整理的筆記系統，三次都是到處翻課本、查網路，有可能根本沒發現自己三次查的都是一樣的句型，自然也不會有加深印象的效果。甚至在網路上大海撈針地查找，無可避免地發現了太多無關的資訊，反而讓人更焦慮。

　　我的日文句型筆記，第一行黑色中文大標方便以後查找，下面第二行的是句型公式，再下方的是例句，實線框的是平假名註記，紅色的虛線是中文翻譯。

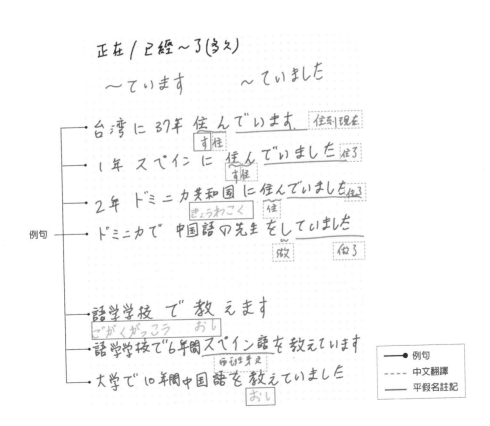

自己幫每個標示做好它的定義，固定下來，往後複習起來就一目瞭然。（如上頁圖，實際筆記可換不同顏色的筆標示。）

所以建議各位，只要看到有用的句型，就以「一頁一主題」的方式，直接輸入自己的筆記系統，千萬不要小看這個手動整理的過程，每多一次主動性的接觸，就是多一次的增加連結。

就像跟朋友聯繫感情一樣，如果一直停留在大量閱讀，就好像你一直在臉書上看朋友動態，卻從來不主動留個言關心他，這樣的友誼不會持久，也很難深化。

請你把「關係連結」的最後一哩路做好做滿，對朋友主動地打電話、傳簡訊付出關心，對學習的內容就要主動出手做系統化整理，這一哩路有沒有做絕對差很多。

動詞變化

許多語言的動詞都有豐富的動詞變化，以英文來說，至少就有現在、過去、現在完成、進行這幾種；以拉丁語系的西班牙文、法文、義大利文、葡萄牙文等等來說，一個動詞就有六個人稱、十幾種時態的變化，起碼一百多種變化形式。

這麼大量的資訊當然無法死背，建立自己的筆記系統更顯重要。

我自己試了許多種，最有效實在的，還是土法煉鋼手寫整理，如同前面的單字、句型，我仍推薦一頁一主題的做法，也就是：一頁一動詞。

做出一個固定的格式，複印個 100 張，每次學到新的動詞，就自己親手手寫把它填在對應時態的格子裡面。（如圖）

bailar　跳舞

完成式：bailado
進行式：bailando

	現在式	簡單過去式	未完成過去式	命令式＋(肯)	命令式－(否)	未來式
Yo	bailo	bailé	bailaba			bailaré
Tú	bailas	bailaste	bailabas	baila	no bailes	bailarás
El / Ella / Usted	baila	bailó	bailaba	baile	no baile	bailará
Nosotros	bailamos	bailamos	bailábamos	bailemos	no bailemos	bailaremos
Vosotros	bailáis	bailasteis	bailabais	bailad	no bailéis	bailaréis
Ellos / Ellas / Ustedes	bailan	bailaron	bailaban	bailen	no bailen	bailarán
Yo						
Tú						
El / Ella / Usted						
Nosotros						
Vosotros						
Ellos / Ellas / Ustedes						

(還沒學過的時態就先空著，學到再加上)

另外，變化規則屬於同一類的動詞，也可以自成一個系統整理在一起，例如下面是我在學生時代時整理過的西班牙文動詞筆記，不規則的動詞一大堆，不規則當中又有自己的規則，屬於同一類的就放在同一頁。

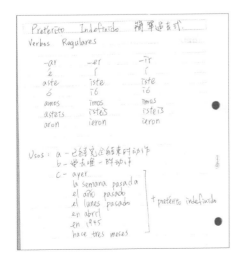

Pretérito Indefinido　簡單過去式
Verbos Regulares

-ar	-er	-ir
é	í	í
aste	iste	iste
ó	ió	ió
amos	imos	imos
asteis	isteis	isteis
aron	ieron	ieron

Usos : a - 已經完全結束的動作
　　　 b - 過去唯一時動作
　　　 c - ayer
　　　　 la semana pasada
　　　　 el año pasado
　　　　 el lunes pasado　　+ pretérito indefinido
　　　　 en abril
　　　　 en 1945
　　　　 hace tres meses

Verbos irregulares
Pretéritos fuertes con "j"

conducir	decir	deducir	distraer
conduje	dije	deduje	distraje
condujiste	dijiste	dedujiste	distrajiste
condujo	dijo	dedujo	distrajo
condujimos	dijimos	dedujimos	distrajimos
condujisteis	dijisteis	dedujisteis	distrajisteis
condujeron	dijeron	dedujeron	distrajeron

producir	reducir	traducir	traer
produje	reduje	traduje	traje
produjiste	redujiste	tradujiste	trajiste
produjo	redujo	tradujo	trajo
produjimos	redujimos	tradujimos	trajimos
produjisteis	redujisteis	tradujisteis	trajisteis
produjeron	redujeron	tradujeron	trajeron

這樣的好處是：

1.自己親手填寫印象最深刻、記憶最長久。

2.因為把筆記格式固定下來，要查找就非常快。

3.一步一步累積起來，格子越來越滿，會持續看到自己越學越多，踏實地進步感。

4.看著那些空白的格子，會很清楚知道自己還有多少路要走。

不論是單字、句型、動詞筆記，最重要的就是「要有一套自己的筆記分類邏輯」，不要盲目按照課本的邏輯一直抄寫，抄得多不一定會學得比較好，抄的都是真的會用到的，才會學得比較好。

如果你有興趣看看我如何在平板電腦上做手寫筆記／整理動詞，歡迎參考影片：「歐洲語言動詞這麼多怎麼做筆記整理？」

皓雲老師 語 . 感 . 教 . 室

1. 最推手寫筆記，幫助記憶，無可取代。
2. 只要寫自己會用的，跟自己有關的內容。
3. 單字筆記：按照「類別」，集中在筆記的同一頁。
4. 句型筆記：一頁一主題，固定每個顏色的定義方便查找。
5. 動詞變化：一頁一動詞。用固定的格式複印多張，把新的
   動詞手寫在對應時態的格子裡。

無痛學習心得 ❤

03
聽、說、讀、寫的先後順序，其來有自

說到學語言的四種能力，大家都是講「聽說讀寫」，沒人會講「讀寫聽說」，我一直認為這個順序有它的意義，學習一個新語言的順序就應該如此。

先聽說再讀寫，在實際的學習步驟上具體代表什麼呢？就是我們學習一個新語言時，步驟如下：

1. 先用母語了解一下這段話的內容和意思。
2. 聽這段音檔（不看文字）。
3. 模仿跟著說（不看文字）。
4. 讀文字（可以看所學的外文搭配中文翻譯）。
5. 最後才是說或寫出這段話（甚至只要打字打得出來就夠了，不一定要會拼寫）。

步驟 2 和步驟 3 可以反覆來回數次，到對於那些句子的聲音都很有感覺了，再打開書看文字。

到了這時候再看文字，你認的就不是一大堆全新的字，而是你對發音和內容已經很有掌握度的字。你會發現許多字的發音都可以直接講出來，根本不需要思考太多發音規則，認字速度反而快很多。

　　一開始什麼文字都沒得看，只是跟著音檔模仿，會有點不習慣、覺得空虛不踏實，都是正常的。我們只是太習慣拿著課本對照音檔的學法，所以突然沒有東西可看，會自我懷疑「這樣學真的可以嗎？」

　　不要讓過去的經驗限制了未來的可能，放膽試一下，你會發現原來這樣一調整，讀、認字竟然可以輕鬆這麼多。再說，以大部分學習者所需要的溝通情景，第五步驟的「寫」，並不是人人都需要。

　　舉例來說，如果要去法國出差兩個月，真正會用到的能力是什麼？首先是「聽、說」，因為你會需要問路、點餐、買東西、跟當地客戶或合作夥伴社交，這些情境都可以不需要讀跟寫。

　　你可能會想，去點餐不是要看菜單嗎？其實菜單看不懂沒關係，只要敢問「請問你們有沒有賣XXX」，一樣可以點到想吃的東西。

　　很多人學外語都會覺得看菜單很重要，其實看懂菜單是很難學的，因為永遠有沒看過的食物名稱，特別是各國的異國料理、小吃，那可是背不完的單字。而且現在的餐廳都越來越會取些充滿文青感的菜名來做行銷，明明只是單純的雞肉義大利麵，偏偏要取名為「威尼斯香草雞肉田園風義大利麵」，你看看讀懂菜單要學多少單字？

　　要解決在國外「吃」的問題，開口問最快最方便，讀只要讀得懂「菜、魚、豬、雞、牛、蛋」這些，不管什麼菜都會出現的關鍵字就很夠了。

　　至於「寫」會用到的情境是什麼呢？可能是跟當地人傳訊息、寫mail、留字條等等，在文字能力還不到的時候，手機的語音輸入系統就可以解決，對著手機把要說的話說出來，讓系統直接生成文字寄出，反而更能解決你的生活需求。

　　「聽說」能力比「讀寫」能力重要又實用很多，但是大部分語言

課程都不注重讓學生開口說，反而是把 80% 以上的時間都拿來讓學生抄抄寫寫，實在非常本末倒置。

為什麼我推薦先聽說再讀寫？

1. 時間成本相對較低： 只要有適合的訓練方法，從零將一個語言的聽說能力練起來，能做出一段基本的社交對話，其實只要 10~20 小時。反之，要練到把文字都正確的拼寫出來，所需時間是好幾倍。

2. 培養語感更加直覺： 聽了直接模仿，發音、語調都會最接近原貌，透過文字有時反而是干擾。

3. 有效滿足溝通需求： 在科技的輔助下，聽說能力可以彌補讀寫能力的不足（像是用語音輸入軟體生成文字），但相反過來，讀寫能力卻很難取代聽說能力。

試想如果在國外旅行時想找一個商品，詢問顏色款式尺寸，你是要用講的來詢問哪裡買得到，還是用寫的比較快？

如果住飯店不滿意想換房間，可能還要稍微說明一下原因，你是要用說的還是用寫的比較快？

如果在工作場合遇到外國客戶、工作夥伴，你是要用說的來寒暄還是現場寫張紙條傳給他？

既然幾乎八成以上的外語場景需要的都是聽跟說的能力，那訓練時間相對短、使用需求又高，為什麼不這麼做做看？

皓雲老師 語.感.教.室

先聽說後讀寫的學習步驟：
用母語了解內容和意思→聽音檔→模仿著說→讀文字→說或寫
出這段話（如有需要）。

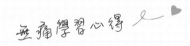

無痛學習心得

04
輸入輸出並重的練習方法

如果目前生活上真的都沒什麼用到外語的機會，沒有要出國、工作不需要、身邊也沒有外國朋友，要怎麼樣讓你學的外語真正發揮一點價值、給生活帶來一些改變呢？

其實方法很多，我把這些方法分成「輸入」和「輸出」兩個概念來說明，各種語言的學習，都可以套用，你會發現，擁有外語的陪伴，可讓生活豐富、在家就像在環遊世界。

「輸入」和「輸出」的練習各有意義

所謂「輸入」就是指相對被動地接收，也就是「聽說讀寫」裡面的「聽、讀」。而「輸出」就是指相對主動的出擊，也就是「聽說讀寫」裡面的「說、寫」。

把「聽、讀」跟「說、寫」拿出來比較的話，「聽、讀」相對簡單。反正聽不懂再聽一次就好了，大不了就放空跳過。至於讀不懂，慢慢查字典也可以。

可是一直停留在聽跟讀的舒適圈，終究是不夠。

「說跟寫」必須強迫自己大量燒腦把所學產出，很辛苦。如果會說、會寫，又敢公開，就很有機會為自己帶來更多被看見的機會。

　　下面提供輸入、輸出的練習方法，每一項分類我都是從難度最低的開始列，越後面難度越高，大家可以視自己的語言程度去選擇。

▸ 影音輸入類

　　1. 聽兒歌：先從國際性的兒歌開始聽。像是〈頭兒肩膀膝腳趾〉拿來記憶身體部位，〈王老先生有塊地〉可以學幾種動物的名字。

　　2. 聽流行歌：不管學什麼語言，你總是要找到那個語言你欣賞的歌手，去追他的粉絲頁，看他出什麼新的歌。我喜歡的拉丁歌手常常在粉絲頁上放短短的自拍影片，都是練聽力很自然的素材。

　　3. 看卡通：建議要找到喜歡的卡通才看得下去，像我是《哆啦Ａ夢》迷，各種語言版本的《哆啦Ａ夢》我都可以看。如果你是對卡通無感的成人，可以跳過這一項。

　　4. 追劇、看電影：身邊的朋友都在追韓劇日劇？如果你在學法文，那就去 Netflix 追法劇；如果你在學泰文，那就找泰國電視台的網站追他們的劇。你一定會發現每個國家的劇都有自己的風格和模式，再跟身邊追日韓劇的朋友交換心得，也很有趣。

　　5. 看綜藝節目、廣告、賽事轉播：你學的語言有沒有特別流行的體育活動？綜藝節目？如果不知道從何找起，我的方法是先用該語言的關鍵字，找到臉書社團，例如用法文關鍵字去找討論足球的相關社團，就可以在社團中得到許多關於用法文講足球的頻道或資訊。

　　6. 聽 Podcast 或線上廣播、看 YouTuber：初學者可以聽純粹語言教學的節目，可能一集教你幾句話，或是一個文法觀念的。如果你有點程度，建議從你有興趣的主題開始，嘗試聽該語言母語者會聽的節目。例如我有陣子對「斷捨離」很有興趣，就去找了法文世界談極

簡主義的頻道，聽聽看法國人是用什麼觀點來討論斷捨離。

7.看新聞：這個難度比較高，各國新聞語速都是比一般對話快的，用字也比較艱深，建議程度中高級以上的學習者開始挑戰。一樣先從自己有興趣的議題開始聽，習慣那個感覺以後，再慢慢擴展到各種領域的新聞，高級程度學習者的確也需要這樣的深度刺激，來讓程度從 80 進展到 95 或更高。

▷ 文字輸入類

1.把常用的國際型平台如臉書、Amazon 購物等等，都改成該語言的介面。

2.把電腦、手機整個換成該語言介面，視覺上每天都在密集接觸，會習慣得非常快（不要猶豫了現在就去改，電腦不會爆炸的）。

3.看兒童讀物、漫畫、小說：盡量選自己有感、程度適合自己（80%~90% 看得懂，10%~20% 是新字的）用字比較貼近生活的主題。

4.看該國語言食譜來做菜：適合喜歡下廚的學習者，邊做美食邊練語言應該很有動力。

5.看各國部落客寫的 blog、粉絲頁：一樣可以從自己有興趣的主題來開始，例如我有在養狗，偶爾去看看西班牙狗狗訓練師的部落格，練語言的同時，也可以得到我需要的知識。

6.看各國語言的雜誌：Zinio 這個平台可以訂到世界各地的電子雜誌，而且誇張的便宜。

7.看各國語言的報紙：現在什麼報紙幾乎都有官網，非常容易取得，建議從生活、休閒類新聞開始練習。

8.看各國的暢銷書：心靈雞湯類、勵志類的書會特別好懂，Kobo

可以買得到一些不同國家的電子書，來源最多的應該還是 Amazon。如果你在學的是台灣比較冷門的語言，我的方法也是直接找到該語言討論電子書的臉書社團，去裡面提問，取得該國購書管道。

▸ 口語輸出類

1. 在語言交換的線上平台上找外國陌生人做語言交換 ，或是到外國人討論怎麼學中文的臉書社團問一問有沒有人想跟自己練中文，這樣的社團裡面什麼國家的人都有，冷門語言也找得到。

2. 參加實體的語言交換活動（台灣首推多語咖啡社團）。

3. 去國內各大學校的華語中心，找來台灣學中文的外籍生做語言交換 （關於語言交換操作細節可參考我的部落格文章：語言交換怎麼找[4]）。

4. 台灣有一些異國活動的時候，如中美洲咖啡展、歐洲教育展、異國美食節等等，去現場跟各國廠商交談、問問題。

5. 用你在學的語言拍一些影片，放在網路上，分享到該語言相關的社團。比如說用西文介紹台灣美食，分享到拉丁人的社團；或是用越南文介紹台灣景點，分享到越南人的社團，可得到母語者的留言，又可創造真實的練習機會。

4, http://www.yuhaoyun.world/2013/03/blog-post_1.html

6. 用 Skype 打電話到國外的飯店、餐廳、語言學校假裝詢問資訊。我曾經讓跟我學中文的挪威學生，打電話到高雄的旅館去假裝用中文訂房間，不過這問個一兩題練練膽子就好，不要打擾人家做生意喔！

7. 聽一些有 call in 的廣播節目，或上該國的 Clubhouse 房間，同時和多位母語者談論一個主題。

▷ 文字輸出類

1. 把平常上外語課寫的作業公開出來，比如用韓文介紹台灣，就貼到韓文母語者會看的社團去讓他們認識台灣。

2. 用外語寫日記、寫手帳、安排行事曆，每天要做的事情像是交報告、開會、買菜、付帳單這些你會記在手帳裡面的字，就會反覆練習到。

3. 上筆友平台找筆友練習，交換日記。

4. 在你喜歡的國外公眾人物的粉絲頁、YouTube 等社群平台上面留言，甚至私訊給他們。

5. 用外語寫部落格或臉書貼文，內容可以是任何別人會想看的主題、對別人有用的主題，甚至是公開外文履歷，或介紹自己公司的產品也可以，誰知道會不會哪天就被外國哪個公司看到，帶來合作機會呢？

6. 寫 email 去出版社、雜誌社、任何公司假裝詢問資訊（最好是你自己真的想知道的事情，不要打擾人家做生意）。

7. 做一份該國語言的履歷放在自己的部落格、臉書或是 Linkedin，說不定會有好機會出現。

　　教室裡面學到的是基礎，是經過系統化設計的練習方式，而眞實世界的外語永遠不會跟教室一樣。

　　教室裡面的外語，永遠是最安全、最好懂，但也最遠離眞實的外語，如果一直都只讓自己留在教室裡練習的這個舒適圈，那麼學再久也是不知道怎麼應用。

　　不需要學到很厲害才開始應用，而是從學外語的第一天就要開始不斷跳脫教室使用外語。只會幾個單字也可以聽兒歌，只學一兩個月也可以去別人粉絲頁留個言，表達意見。

　　輸入夠了就要輸出，就像食物裝滿了冰箱要拿出來組合，才會做出好菜，這樣才能進入一個健康而正向的循環。如此一來，我們的生活，也有機會因外語而豐富。

皓雲老師 語.感.教.室

輸入練習：

1. 影音輸入：聽兒歌、聽流行歌、看卡通、追劇 / 看電影、看綜藝節目 / 廣告 / 賽事轉播、聽 Podcast 或線上廣播 / 看 YouTuber、看新聞。

2. 文字輸入：換國際型平台語言介面、換電腦 / 手機語言介面、看兒童讀物 / 漫畫 / 小說、看食譜做菜、看各國部落客的 blog / 粉絲頁、看各國語言的雜誌 / 報紙 / 暢銷書。

輸出練習：

1. 口語輸出：在線上平台做語言交換、參加實體活動、去華語中心找外籍生練習、參加異國活動跟廠商交談、拍影片放在網路上、打語音訊息到國外的飯店 / 餐廳 / 語言學校詢問資訊、call in 廣播節目、參與 Clubhouse。

2. 文字輸出：在社群媒體公開作業、用外語寫日記 / 寫手帳 / 安排行事曆、找筆友 / 交換日記、在社群平台上留言或私訊、寫部落格或臉書貼文、E-mail 至任何公司假裝詢問資訊、公開用該國語言寫的履歷。

05
不出國也能製造外語環境

　　想要什麼事情能進步，就要直接針對這件事解決。想要看到外國人能講得出話來，就要直接練習這件事，讀書不能讓你會說外語，一直練說話才會。

　　我們上台報告前會先對著鏡子演練、參加考試之前會自己做模擬考題、甚至跟心儀的人告白之前也會在心裡反覆模擬好幾次，覺得練到 120% 了，考試時可能可以發揮個 80% 的實力。

　　那麼跟外國人說外語這件事呢？大部分的人都沒有任何刻意準備，平常上外語課時也不主動開口，老師問問題就想要躲在角落希望自己不要被點到，到了真實生活中，意外碰到一個有外國人、需要說外文的場合，自然是彆彆扭扭說不出來。為了自我安慰，就給自己一個看似合理的解釋：「天啊我的英文爛爆了，學了那麼多年都只會 How are you? 我應該是沒有語言天份啦！」

　　Hello? 如果你什麼針對口語的刻意練習都沒做過，看到外國人就傻住、放空，不是剛好而已嗎？

　　去補習不等於累積口語能力，自己關在房子裡面讀書也不等於累積口語能力，要口語能力有明顯進步，要看到外國人時能說得出話來，就請你「直接去練這件事」，千萬不要妄想著背幾本會話書、看幾部電影跟著說，看到外國人就突然會講話。

很多人會說，可是我讀書也是在接觸外語啊，我看電影也是在接觸外語啊，爲什麼對口語沒有幫助呢？

不是完全沒有，只是那繞了一大圈，效果也不直接。就像買蘋果回家放進果汁機，會得到鳳梨汁嗎？不都是水果嗎？你想要鳳梨汁，爲什麼不直接買鳳梨汁呢？

好了，寫到這邊，你應該懂我想要表達的意思了，那麼現在的問題就是：要怎麼去「模擬」「跟外國人說話」這件事情呢？

我們不要等到出國旅行時遇到緊急狀況，才發現那是自己一年來唯一一次跟外國人講話的場合；我們不要等到出差時遇到外國客戶時，才第一次給自己正式場合說外語的練習，我們要先給自己製造一些「說錯搞砸也沒差的不重要場合」，去碰撞、去亂講、去練膽量。

人在台灣，可以如何給自己製造跟外國人說話的機會呢？

1. 參加多語咖啡活動

現在全台灣各縣市，幾乎都有多語咖啡社團，臉書搜尋一下，都可以在自己的縣市找到多語咖啡、語言交換等等的聚會。如果不知道從何找起，我推薦多語達人謝智翔創辦的「多國語言習得活動網」[5]。

這樣的活動，通常會有很多小桌子，一桌就是一種語言，每桌都有一位該語言的外國母語者當桌長，陪大家亂聊。你想練習什麼語言，就可以隨時坐進去聊天，覺得無聊也可以隨時換桌。

---

5. 臉書搜尋：「多國語言習得活動網 25 種語言一次滿足 Polyglot.tw Official Group」，是公開社團。

　　花時間參加這些活動，你的目的只有一個：**跟外國人講話**。所以不要硬找一位台灣朋友陪你去，最後兩個人自己躲在角落講中文。如果你真的很不擅社交，需要人陪，也請你們盡量在活動中強迫自己分開行動一段時間，讓自己擠進一個有外國人的桌子去對話。

　　一開始不敢開口，用聽的也沒關係，順便看看其他台灣人是怎麼用外語跟這些外國人互動的，你就會發現很多人文法破得要命，句子都不完整，一樣溝通得很愉快，甚至還可以互虧講笑話。這樣你就會慢慢相信，外語是拿來溝通的，正確與否根本不重要。

　　第一次去你可能會覺得好累，而且都沒講到什麼話，沒關係，這很正常，去一個都是陌生人的環境，你需要一段時間去適應。請鼓勵自己持續地去參加，一直到發現自己可以自然地換桌、插話為止。

2. 找外國人做語言交換

　　現在找外國人語言交換的管道很多了，臉書搜尋一下可以找到許多語言交換的社團。

　　外國人來台會找資訊的一個主要網站：www.tealit.com，也有語言交換版，在上面登一篇 po 文，就有機會找到語言交換。

　　只是網路上找語言交換的外國人，各種意圖都有，有的真的是要練習中文，有的則是藉著語言交換的名義認識異性，要找到真的很聊得來又能穩定見面練習的夥伴，需要運氣和耐心。

　　我自己多年前找西班牙文的語言交換，前前後後跟八九位外國人見面，才找到一個真的很想練中文、也很願意陪我練西文的尼加拉瓜留學生，持續每週見面，交換了二年多。我從西班牙留學回來

之後，靠著這位語言交換夥伴，成功維持我的西班牙文口語熟練度，甚至也因此發現我原來很喜歡教中文，後來出國教中文，華語老師成為我的長期主業。

其他見過面的外國人，大多是第一次見面後就因為聊不來、沒話題、時間難配合、距離太遠或對方沒興趣學中文等等因素沒下文。

總而言之，找外國人做語言交換，要耐著性子一位一位去見面、磨合，我認為投資點時間，去找到一位可以長期互相練習語言的夥伴，是很值得的。不過如果你是平常時間有限、經濟也算寬裕的人，建議就捨棄語言交換這個選項，直接付費找老師練習。

語言交換顧名思義，是要我陪你練一種語言、你陪我練一種語言；也就是說見面二小時，有一小時會是陪對方練中文。二十多歲的時候時間很多，跟外國人交流也很有趣，所以非常享受。現在到了快要奔四的年紀，時間比什麼都珍貴，花點小錢，就可以讓對方按照我想要的方式來陪我練習，現在的我寧願選擇花錢，也不要花兩倍的時間在這件事情上。

3. 付費找網路平台老師

這一兩年因為整個世界的生活型態改變，越來越多人接受、也習慣線上學習的模式。身為老師，也天天都在密集鑽研更高效的線上教學方法，為自己打開更多的學生來源，現在很多線上語言教學的品質，已經幾乎不輸實體課程。

學生打開電腦就可以跟來自全世界的老師學習，這種便利性讓忙碌的社會人士、或住在比較偏遠的學習者，可以利用各種零碎時間得

到學習的機會。我個人在線上學習法語、日語，體驗也不錯。

現在許多平台都有提供來自全世界各國語言老師直接線上教學約課，幾個比較大的平台如 italki、Amazing Talker[6]、Hitutor[7]、TutorABC 等等，使用者可以直接在網站上看到老師自我介紹的影片、教學背景資料、經歷等資訊。

舉 italki 來說，把所有的老師分為「輔導老師」和「專業老師」兩種，「輔導老師」算是陪練的母語人士，沒有受過專業教學訓練，適合稍有一點基礎、並且很清楚自己需要練習的方向的學習者。如果你幾乎零基礎，也不太知道自己要的是什麼，建議花稍高一點的費用，選專業老師上課，專業老師的引導，較能幫迷途中的學習者，省下許多摸索的時間。

上過課的學員，會直接在平台上留下評價和心得，如果你是剛開始在平台上找老師，需要花點時間看看評論、多比較一下，決定找哪個老師先付費試上一堂，再看看是否決定跟這位老師長期學習。

這些大型平台我自己也都去體驗過，好處是師資庫龐大，各種語言、國籍的老師都有，時間非常彈性，幾乎 24 小時隨時想要上課都約得到老師。

然而因為他們的商業模式比較像是「開個平台讓想當老師的人都來這邊曝光開課」，所以在教學品質上的篩選就比較沒有那麼著重，那麼挑選老師的工作自然就落到了學生自己的身上，需要在前期多花點時間去多多試上不同老師的課，才會找到比較適合的。

---

6. https://tw.amazingtalker.com
7. https://tw.hitutoracdm.com

如果不想花太多時間在茫茫大海中挑選老師，直接找專門針對某語言開課的教學機構，或是有在經營自己品牌的家教老師上課，會是我比較推薦的方法。或許金錢成本會高一些，但整體學習品質會是比較整齊的，因為教學機構至少在面試老師的那一關已經做了好幾層的師資篩選，經營自品牌的家教老師大概也不會拿自己辛苦建立的名聲開玩笑，學生就可以少花點時間辛苦盲選老師，更快開始進行學習。

4. 付費找實體課程或家教

假設時間、交通、經濟允許，實體課程當然還是有一些特點難以被取代，值得你投入。

學外語到頭來都是為了在真實世界能夠跟外國人順暢地溝通，前面有提過「想要什麼事情變強，就直接去練那件事」，因此我們該對症下藥去練習的，就是「面對面跟外國人說話」這件事。透過網路練習對話也是會有效果，但有些實體課的條件就是比較難滿足，像是觀察外國人的肢體語言、表情、眼神、語氣、說話前的準備動作、說話後的行為等等，隔一層螢幕，多少就少一個味道。

另外，我們身邊或多或少都會有那種，平常在網路上聊天非常幽默風趣、到了真實社交場合就會詞窮、緊張、句點王，連說母語都會這樣了，更遑論說外語。

因此以面對面上課的方式來練習口語，仍然有它的價值。

以我將近二十年的教學經驗觀察，選擇小班制、固定上課時間的補教機構或家教，還是最適合大部分學習者的選擇。

小班制是為了口語練習的量和品質，建議要選擇最多 10 人以內

的小班，8 人或 6 人以內更理想，想想看 60 分鐘的課，大家輪流發言，如果除以 10，一個人也才分到 6 分鐘而已。

若是 15 人以上的班，除非老師有獨到的教學策略，可以維持一個全班同時口語練習的量，否則就當作去加減學一點知識、建立文法基礎、或得到老師的海外經歷分享等等，對口語上的幫助其實很有限。

當然，班級人數越多，學費可能越低，因此許多學習者會在人數和費用上掙扎，想要用低一點的預算來上課，於是屈就於一個人數較多的大班。

建議學習者可以把眼光放遠來看，先規劃一下達到自己想要的口語程度，大概需要上多少時數的課。基本上語言是一個長期累積的過程，只上個十幾二十個小時，都還看不出太驚人的效果，建議要以 50 小時或 100 小時做一個里程碑。

假設要從 0 學到初級檢定的程度，在小班課需要 100 個小時好了，在大班課就有可能需要 150~200 小時，才能讓全班都維持到一定的練習量。大班課 150~200 小時的學費，或許算下來也跟小班課 100 小時的費用差不多，但你卻要投入 150~200 小時的時間成本，還要承擔班上可能有人來來去去、拖到進度的不穩定性，這樣考量下來，費用稍高一些、但品質穩定的小班課，是不是一個反而比較划算的選擇呢？

網路上不時就可以看到一些補習無用論的文章，他們大多是對語言學習動機超級強大、非常自律又有心得的多語高手，或是補習補了半天卻找不到頭緒的學習者。

我雖然自己從事語言教育多年，也是在補習班繳過許多白費的

學費，曾經自費學過日文、泰文、俄文，後來都不了了之。有學出成果的，是從小就學起的英文、大學開始學的西班牙文，和出社會之後才開始學的法文。

綜合我本人多年從事語言教育、經營補習班以及在各種補教機構遊走學習多語的經驗。最後我幫大家歸納一下，語言補習要怎麼補才會有用：

▸1. 認清自己的能力和個性

如果你自知是一個不算太自律、外語學習尚未有明顯成功經驗、稍有動機但行動力也普普通通的學習者，又很希望／需要自己的外語能力能有顯著進步，建議你不要再盲目地買工具書、上網沒有系統地看影片，自學不適合你，你需要做的，是不帶任何懸念地去好好選擇一個適合自己的學習機構，報名課程。

固定的上課時間、固定的老師、固定的同學，預繳學費的承諾，能夠將你半途而廢的機率降到最低，學出成果的機率拉到最高。

▸2. 選擇時間地點都可行的課程：

語言補習通常都要投入個半年到一年，比較會有成果，特別是口語練習的課程。不要屈就一個時間地點很勉強的課程，最後上的斷斷續續，一直遲到早退缺課，那也會造成感受不到進步，中途放棄。

▸3. 選擇有完整系統的課程：

特別是初學者或初級學習者，建議選擇一個可以一路按照一個系統往上學的機構或老師。

如果老師是每堂課都準備看起來根本不連貫的零散講義，代表著老師自己也還在摸索一個最適合的教學編排方式，這樣對初學者會比較辛苦。

▸**4. 好好利用上課的每一分鐘：**

　　都花時間、花錢去報名課程了，就請好好利用上課的每一分鐘。老師問問題的時候一定不是要故意考你，而是給你口語練習的機會，請鼓勵自己當那個第一個發言回答的人，每次都當第一個，你得到的練習量就會最多最完整。

　　如果你去補習的目標是練口語，那就不要在文法細節上鑽牛角尖一直問。當你在用中文一直糾結文法細節的時候，你花掉的其實就是你付學費買的上課時間，和口語練習機會。

　　學外語的過程，我們會常常遇到「我的母語不是這樣說的，為什麼這個語言會有這種不可思議的文法邏輯」這種狀況，放心，只要我們一直接觸外語，這個狀況就會一直不斷出現，我們要學習的，就是透過接觸外語的過程，學習接受各種不同，學習包容差異，學習擴大自己的接受度。

　　遇到覺得怪怪的句子、莫名的文法，請先接受它、模仿它、應用它，學外語本來就是要接受各種不同，不是嗎？

皓雲老師 語 . 感 . 教 . 室

如何製造跟外國人說話的機會？

1. 參加多語咖啡活動：最好單獨行動，聽不懂也持續參加，直到可以自然地換桌、插話為止。

2. 語言交換：臉書搜尋語言交換社團，在上面 po 文就有機會找語言交換。

3. 付費找網路平台老師：使用者可以在網站上比較老師自我介紹的影片、教學背景資料、經歷等資訊。

4. 付費找實體課程或家教：首先規劃想要的口語程度需要上多少時數，選擇小班制、固定上課時間較理想。

無痛學習心得

06
為什麼很多人鼓吹「自然習得法」？

　　學習語言分為兩種，一種是刻意學會的（學習），一種是不知不覺學會的（習得）。習得理論（Language Acquisition）是由美國語言學家克拉申（Stephen D. Krashen）所提出的。

　　什麼叫做刻意學會的學習？大部分人在學校上英文課的那種上法。老師在前面講文法、帶領念課文、畫重點、抄單字、背起來考聽寫，或是老師先教你 be 動詞有 am, is, are，I 要配 am，第三人稱單數是 is, you, we, they 是搭配 are，叫學生背起來，然後考填空，看學生是不是真的背起來了。

　　這些就叫做「刻意」學會的學習，你完全有意識地在學一個新的概念、記憶規則。

　　把上面的例子代換成中文，你可能會發現一個強烈的對比。中文的動詞沒有變化，所以我們學習換成用聲調來舉例。

　　請你以中文母語者的身分，念念看下面三個詞：

　1. 第一　2. 一個　3. 一起

　　請問，剛剛這幾個詞當中的「一」，分別是念第幾聲？如果不是很確定的話，請你放慢速度再自己念第二次。

1. 第一　2. 一個　3. 一起
答案是：1. 第一（一聲）2. 一個（二聲）3. 一起（四聲）

你第一次自己嘗試念的時候，應該沒有在心裡想「這個要念幾聲」吧？而是不需要思考自然就念出來了，甚至你可能也根本沒有發現這三個詞當中的「一」聲調原來是不同的。

其實這個聲調變化也是有規則的。「一」當數字的時候最單純，例如：第「一」、電話號碼 0911XXXXXX，飯店房間號碼 311，台北 101……，「一」就念一聲。

「一」不當單純的數字的時候，聲調就要看後面接續的字而定，後面接的是二聲或三聲，「一」就念四聲，例如：「一」直、「一」排、「一」起、「一」本。

那後面接續的字是念四聲的話呢？「一」樣、「一」次、「一」向、「一」塊，這些「一」就是念二聲。

簡而言之，我們可以列出以下表格整理：

一的三種聲調分類	一的聲調	舉例
單純數字	一聲	0911XXXXXX、台北 101
後接二聲、三聲	四聲	「一」直、「一」排、「一」起、「一」本
後接四聲	二聲	「一」樣、「一」次

　　你看到這邊是不是也已經昏頭轉向了？很多外國人學中文的時候都要經過這一關，「一」這個字每天都會遇到，是必學的。

　　這樣學是不是很辛苦？這還只是個「一」而已，後面難的東西還更多，每個都這樣塞規則、背知識，真的背不完。

　　然而這就是大多數台灣人在學校、補習班學外語的方式，塞一堆規則給自己背背背，「刻意」而「有意識」地學，這在語言學上叫做「學習」。

　　那麼不這樣學還可以怎麼學呢？想想看小孩子是怎麼學會母語的？我們不會沒事去問台灣的六歲小孩子：一杯的「一」是幾聲？他本來就一定會自然講出四聲，而且並不知道也不太需要知道為什麼。

　　等到他講到根本都不用想了，才會在國語課本裡面學注音，有一天他要用電腦打字，必須要知道聲調，才會發現「啊！？原來三種情況聲調不一樣！？」。不過這個時候他已經不用硬背，因為他本來就會講，只是「現在知道」原來是「這個道理」而已。

　　這在語言學上就叫做「**習得**」。培養語感，就很適合應用習得概念來學。

　　具體怎麼做呢？

　　比如拿到一篇「符合你程度」的英文短篇故事，你可以先看一下整段中譯了解內容，接著只要聽它的音檔，不查單字、不去理解文法，不要問為什麼這個字是這樣講、那個句子是那樣組合，或任何的分析。你唯一要做的就是像個孩子一樣「專心聽故事」。

　　試著把自己放進故事中，主角怎麼了？遇到什麼事情？結局怎麼樣？單純享受故事情節。聽個三五遍之後，你可以試著用自己會講的

單字短句，把這個故事用你的方法表達、拼湊出來。

上面的步驟來回反覆，你每一次都會講得比前一次更完整，你可能會發現當中有些字出現很多次，但你不知道意思；有一兩個句型分開每個字都看得懂，湊在一起就是湊不出意思，這個時候你就去查那幾個關鍵單字、或分析那幾個句型就好。

理解完成後，一定要自己再重新講一次故事（說的主動輸出），並且一定要把你剛剛查的那些單字、句型用進來，鞏固你的新知識。

這就很像是母語者小孩子的練習方式，不分析句型文法、只有單純的「真實互動」，這就是「習得」。

你會發現，「習得」是先接受再理解分析，「學習」是先理解分析再接受，順序不同，得到的效果也就不同。

皓雲老師 語．感．教．室

如何在語言學習上用「習得」的概念？

1. 聽音檔，不查單字、不去理解文法，只要「專心聽故事」。
2. 把自己放進故事中，再試著用自己會講的單字短句，把這個故事表達、拼湊出來。
3. 理解完成後，再重新講一次故事，把新單字、句型用進來，鞏固新知識，在此過程建立語感。

無痛學習心得

07

慢慢來比較快，一次只學一個新觀念：
i+1 理論

　　i＋1 理論也是由美國語言學家克拉申（Stephen D. Krashen）所提出，i 指的是學習者目前的能力或程度，1 是指「一項」新資訊，也就是學習者在原有基礎之上，最適合挑戰的強度或難度。

　　白話地說，選擇課程或教材的時候，不要一次跳太快，而要選擇「大部分都懂、少部分是新資訊」的這種教材。

　　比如看一篇文章，80%~90% 左右的內容，是直接看過去你大概都能理解（i＋1 當中的 i）的，10%-20% 是沒看過的、新的字，但不影響整個內容理解（i＋1 當中的 1）的，這樣就是比較適合用來學習的材料。

　　有的學習者會想說：「我就想直接跳難一點的，可以學快一點。」或是：「我現在工作需要的是更難的東西，能不能直接跳？」

　　只要是自己需要／有動機／想學的，其實也沒有什麼不可以，不過就教學經驗來說，像這樣想要搭快班車的，如果最後挑戰成功，大多是本來就學過好幾種語言、或是對語言特別有強烈動機的學習者。

　　如果你不是以上兩種情況，建議就參考 i＋1 吧！以免過程當中萬一覺得挫折、困難，就此卡住，反而更長時間無法推進、事倍功半。

　　如果是以「把這個語言能力的基本功好好建立起來」為目標，其實用 i＋1 的概念，慢慢來，最後反而比較快。

遺忘是必經的歷程

經過短期記憶＋遺忘的反覆，才會進入長期記憶。

心理學家艾賓浩斯（Hermann Ebbinghaus），曾提出「遺忘曲線」理論。學習後的遺忘是人類的自然反應，並且遺忘的過程和比例是可以整理出規律的（如下圖）。

認知到「遺忘是人人逃不了的必經過程」，我們就可以停止給自己加諸「我怎麼老是學了就忘」、「我記憶性不好，天生學語言就吃虧」這些負面評價。因為絕對不是你的記憶性特別不好，而是這是所有人類學習的自然狀態。

既然已經知道遺忘是必然，我們要做的是「如何克服遺忘」？艾賓浩斯認為，**適當時間的間隔複習，是克服遺忘的最佳方法。**

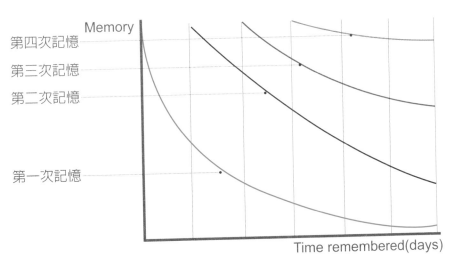

（出處：維基百科）

例如在學習過後一天，遺忘一半的時候，就做一次複習，之後或許是三天再複習第二次，透過間隔複習，達到記憶量最大化的目標。

在語言學習上，現在已經有軟體工具能幫我們把間隔複習這件事情自動化了。Anki 這個自學用 APP，能手動輸入單字，並自動幫學習者分類，只要自我測驗時沒通過，系統會幫學習者將這個單字歸類到需要間隔出現的區塊，時間一到就會自己再自動出現。對數位工具有興趣的讀者，可以玩玩看。

記住，遺忘是必經的過程，把這個點看開，就不會一直糾結於「自己記性好差」的迴圈，外文單字沒有特別難記，會忘是本來就應該的，就遵循自然，放心忘掉吧！

為什麼有人就是可以學那麼多種語言？

每個人天生具備「至少學會一種語言」的能力，就是我們的母語。大部分台灣人甚至還能流利掌握中文＋台語（或客語、原住民語等）兩種語言。

人類文明世界發明了各種教學方法、理論、學習方法，讓我們慢慢認為「學語言好像就應該是要這樣背誦、記憶的」，麻痺到完全忘記「原來也可以有其他學法的可能」，比如說類似母語的「習得法」。

去 TED 或 YouTube 上面搜尋那些多語達人的演講、頻道，幾乎沒有任何一位多語達人是按照多數人的傳統方式去學語言的。人類的記憶力有限，如果每多學一個語言就要多增加那麼大量的記憶量，只用傳統的學習方法就會非常有困難。

大部分的多語達人都是用接近小孩子學母語的方式，先習得、再

學習，先大量接觸，再研究背後的為什麼，如此一來，大腦才有辦法處理這麼大量的資訊。

我們或許沒有需要成為多語達人，但是如果這麼多年來，使用傳統學習方法，一直不順利、有障礙，檯面上又已經有這麼多成功案例（詳見我的部落格〈向多語高手取經 [8]〉）的經驗分享，為什麼不考慮換一種思維試試看呢？

8.http://www.yuhaoyun.world/2019/08/howtolearnanewlanguageted.html

皓雲老師 語．感．教．室

1. i+1 理論：選擇「大部分都懂、少部分是新資訊」的教材。
2. 不害怕遺忘：經過短期記憶＋遺忘的反覆，才會進入長期記憶。
3. 先習得、再學習，先大量接觸，再研究背後的為什麼。

無痛學習心得

Chapter 2

制定適合的學習規劃

01
決定要學什麼語言？想清楚你的初衷

　　每隔一陣子，就會有學生／客戶來問：「想學第二外語，但不知道該選哪個好，有沒有什麼建議？」

　　前面提過，我學西班牙語的初衷是拉丁美洲的棒球。如果你也在掙扎要投資自己哪個第二外語，建議你先不要到處問「哪個語言比較有用」，而是要想清楚學習語言的初衷，那才會是讓你能夠長期支撐下去的動機。

　　另外，我也建議你，如果英文是你過去多年的陰影，請你考慮暫時放下英文，換個全新、完全陌生的語言，比如說泰文、俄文這類非 abc 字母、文字系統毫不相干的語言，或是西班牙文、德文這種文法邏輯和中文毫無關係的語言。

　　因為這些語言夠陌生，你比較不會以舊有的「學語言就該如何」的框架去限制自己。也因為這是全新的語言，可能比較不會因為講錯、學得慢，而自我批判，「反正我本來就什麼都不會，現在學什麼都是在進步」，對老師給的東西，相對較願意全盤接受。

　　我有一位歐洲國家的學生，以線上課的方式同時在我經營的語言中心學習中文和西班牙文兩個語言，中文是初學，西班牙文則是學生時代學過，稍有程度。

　　她有一次跟我分享，現在上西班牙文課的場景、老師的教法都和

過去大不相同，她也很喜歡，但她心裡仍然總有個自我批判的聲音：「怎麼會連這麼基礎的東西都忘了？以前不是學過嗎？」因為學生時期充滿考試壓力的西班牙文課帶給她太多負面陰影，現在要重新挑戰，需要加倍的時間，去消滅那段自我否定的記憶。

反倒是中文課讓她很有自信，反正本來就不會，中文相對於她的母語又是天差地遠的不同，學得或快或慢、或好或壞，她都不會評斷自己，多學一點都是在前進。而且在歐洲學中文的人相對少，只要會一點中文，就是可以讓人刮目相看的能力。她一點都不會想把中文老師（就是我本人）使用的教學方法，去跟過去任何學習經驗做連結。

我自己教過許多學生，都是因為接受了全新的學語言方法，將過去學語言的舊有經驗覆蓋過去，像是電腦格式化一般，讓語言學習的過程，在他的大腦中植入新的晶片，進而連過去十幾年弄不好的英文，也都自然解開心結了。

如果你接受這樣的概念，現在的確有考慮學習第二外語了，或者是你的孩子要考慮學習第二外語，又該如何選擇要學哪個語言呢？以下幾個建議提供你思考：

1. 興趣考量

看起來不實際，事實上是最實際的一個考量因素。學語言就像馬拉松，撐越久越有機會，即使是和中文相近的日文，要學出一個具體成果，也要數百個小時，興趣絕對是你能夠長久支撐下去的關鍵。

對於毫無基礎的語言，要怎麼知道自己有沒有興趣呢？

建議先從這個語言的文化輸出產物去自我觀察。像是該語言的電

影、歌曲、戲劇、網紅、運動明星、舞蹈、書籍等等，有沒有特別吸引你的元素？因為你不太可能學了法文就每幾個月去法國旅遊一次，但是你可以即使身在台灣也天天聽法文歌、看法文電影、或是追法國足球明星的粉絲頁。

你是看到法國足球明星的新聞會比較好奇，還是聽到泰文歌曲會比較有感？上網把想考慮的語言都聽個一輪，有可能就可以發現自己對哪個語言特別一見（聽）鍾情。

我自己是二十年前，在唱片行隨意拿起一張西班牙文歌曲的 CD 試聽，就有一種「我上輩子就該是講這個語言」的心電感應，呆呆地站在那邊把整張 CD 全部聽完，但是聽韓文、德文歌就完全沒有這種感覺，直覺是很準的，建議你多聽多看多接觸，就會抓到這種直覺。

2. 使用機會考量

在你近期的人生中，比較有機會去哪些國家生活或旅行？身邊有哪些國家的外國朋友？工作上偶爾會碰到哪些國家的工作夥伴？如果你不需要努力去製造環境，身邊就會不時出現韓國人了的話，為什麼不利用這個得天獨厚的優勢多學多練習呢？

特別要提的是，使用人口多的語言，並不代表你就比較有機會用到，比如西班牙語在母語使用人口上是世界前三大，但是你的生活環境可能一輩子也碰不到講西語系國家的母語者。而越南文在世界使用人口上排不進前十，但搞不好你的生活周遭就是會碰到許多越南人，你如果要學，處處都是練習機會，那就很值得考慮。

3. 使用人口考量

如果前兩個項目你都沒有特別的感覺，目前生活環境也真的沒有什麼外國人，但真的很想要為自己多累積一個語言，那就以全世界的使用人口來考量最實際。

以母語者人口來說，世界排名第一的是我們的母語中文，第二是我們都學了很久的英文，第三就是西班牙文。不要覺得中南美洲離我們很遠用不到，其實西班牙文在美國也是非常好用的。我曾經到洛杉磯、紐約短暫自助旅行過，80% 以上的時間都在用西班牙文移動，因為處處都是中南美洲移民的店家。

以機率來說，學西班牙文的確是很有機會用得上，如果你的英文也在中級以上、是可應用的水準的話，那麼靠著中、英、西三種語言的能力，已經可以在世界上非常多的國家走透透。

總結來說，以我將近二十年的教學經驗來觀察，以興趣為導向來學習、同時很清楚自己為什麼要花大把時間學一個語言的學習者，仍然最有機會學出一個具體成果。

學語言不僅是大量時間的投資，過程當中也有許多困難要克服；單字背了又忘、和母語完全不同的文法邏輯要理解、和外國人溝通永遠有聽不懂的字，如果只是因為「某某語言在趨勢上看起來很有用」、「某某語言現在好多人在學」、「擁有某某語言的能力在履歷上大大加分」，是真的不足以作為長期學習的精神支撐的。

需要長期投入的事情，絕對需要興趣和清晰的初衷來作為後盾，花點時間檢視一下，自己過去投入多年的語言學習為什麼仍然登不

上檯面？你是真的需要這個語言能力、還是這個語言「看起來」值得努力？你是真心對它有熱情，還是這個語言「看起來」不學不行？

說不定你其實完全擁有學好一個外語的能力，你只是還沒找到跟你最投緣的那個外語。就像選擇工作一樣，在工作 A 綁手綁腳的人，有可能在工作 B 就找到天賦與熱情。

如果真的還是無法決定，那麼找個地方、找位老師，有興趣的語言都去上個體驗課或短期課，實際去跟那個語言相處看看，相信你一定會很篤定地知道哪個才是屬於你的語言。

皓雲老師 語.感.教.室

1. 該如何選擇要學哪個語言：興趣（初衷）、使用機會、使用人口。
2. 不知道如何選擇？上堂體驗或短期課，實際和語言相處，判斷出屬於自己的語言。

無痛學習心得

02

開始第一步！學習計畫 6 步驟

我一直強調，學語言是馬拉松，千萬別把它當成短跑來操作。
馬拉松要如何才會勝出？

1. **慢慢投入**
2. **節奏穩定**
3. **長久堅持**

特別是對於忙碌的職場工作者，更要清楚訂出馬拉松式的學習
計畫，細水長流。以下是我建議的 6 個學習步驟：

1. **設定目標 / 截止時間**
2. **選定教材 / 課程 / 老師**
3. **制定計畫**
4. **記錄過程**
5. **按時輸出**
6. **定期回顧**

接下來我們一個一個來談。

1. 設定目標／截止時間

決定要學習哪種語言之後，建議你先設定一個可檢視的合理具體目標，這個目標需要有截止時間＋要產出的行動，例如：

學習 20 小時後 ▶ 能用日文做 2 分鐘的不看稿口頭自我介紹

學習 40 小時後 ▶ 能用西班牙文做 3 分鐘的旅遊計畫報告

學習 60 小時後 ▶ 能用俄文寫一篇俄國遊記

學習 80 小時後 ▶ 能用法文回覆一篇商業書信

學習 200 小時後 ▶ 能自己從頭到尾看完一本德文短篇小說選集

好的學習目標要清楚具體，對學習者的程度來說容易達成，這樣才會想要繼續挑戰下一個。更要注意的是，這個目標必須能夠被檢視，也就是說任何一個人來看都能看得出來你有沒有達成。

例如上面說的：學習 20 小時後能用日文做 2 分鐘的不看稿口頭自我介紹。

「學習 20 小時」可以被檢視嗎？每天誠實記錄就可以。「用日文做 2 分鐘不看稿口頭自我介紹」可以被檢視嗎？把自己報告的影片錄下來，看看有沒有全程講日文、時間有沒有超過 2 分鐘就可以。

很多人在訂定學習目標的時候，目標乍看之下都很合理而有意義，但是沒有人能確定他們到底最後有沒有做到，比如說：

「我想要跟外國人用英文順暢溝通」就是一個努力十年也無法被檢視的目標。

什麼叫做順暢？都沒有文法錯誤叫做順暢？還是中間都沒有咿

咿啊啊結巴就算順暢？溝通是指溝通什麼？跟外國室友溝通誰負責做什麼家事算是溝通，跟外國廠商談出差行程也算是溝通，但是兩者的方向和難度完全不同，要投入的時間和努力也完全不同。

當你發現努力了好幾個月，都不知道自己有沒有每天比前一天往目標更靠近一點，就會漸漸意興闌珊了，但問題不在你的努力程度，而是你根本不知道自己在努力什麼。

所以「我想要跟外國人用英文順暢溝通」這個目標可以怎麼調整？可以調整為：我想要能夠在辦公室接到外國客戶詢價電話時，從頭到尾自己獨立講完，並能向同事轉告下一步行動。

如此一來，我們把「溝通」的範圍縮限在「詢價電話」，這樣就知道要往哪裡去努力練習來達成這個目標：「把外國客戶詢價會問到的資訊都搞清楚」，於是將產品規格、項目、費用方案、報價期限、敲定下一步行動等等的相關單字短句，一條一條列出來練熟。

另外我們也把「順暢」的定義設定在「獨立講完，並能向同事轉告下一步行動」。「順暢」是一個形容詞，只要是形容詞都是主觀的，你的主管跟你對「順暢」的定義可能就完全不同。然而「獨立講完」就相對具體，你從接起電話到掛上電話都不靠別人幫助，是可以視覺化來檢驗的行為，目標設定清楚，之後的學習計畫就會清楚。

坊間大部分的課程或家教老師，比較缺少的就是師生一起設定目標這個部分，每堂課老師都很努力地教，學生看起來也是很努力在學，但是過了一段時間兩邊都會迷失，學生感受不到自己的進步，老師有想推推不動的無力感。

如果出現這種感覺，師生都不要放棄，你們需要的，可能是一

起坐下來談談，檢視一下這段時間的投入，有哪些需要調整的地方，並且根據目前的學習狀況，制定下一個階段性目標。這件事需要隔一段時間就重新來一次，因爲你會一直進步，隨著人生進入不同階段，目標也會隨之調整。

2. 選定教材／課程／老師

目標設定好了，就可以依照目標去選定教材、課程或是老師。

無論是選擇教材／課程／老師都非常關鍵，很多人覺得找到一個補習班付了錢，再怎麼說都會有成效，常常大概選一下就付錢了事，完全就是「報名買安心」。

假設你的目標是 10 小時學會用日文到日本餐廳點菜，你可以先挑出教材當中跟這個主題相關的部分，請老師只要針對這些部分引導你練習就好。

通常團體班的課程都會照開課單位原本設計的去走，可能一套課程也不只 10 小時，選擇時建議多看看課程設計的內容，是否符合你的目標。

如果團體班課程都不符合需求，多規劃一點預算來上一對一私人包班課程，我認爲也是很划算的，特別是如果該語言你已經在中級左右能對話的程度以上，更適合上一對一私人包班課。雖然單價看起來較高，但上課時間老師的專注力和練習機會 100% 屬於你，口說練習量可以最大化。

團體班人多，雖然單價低，但是時間必須平均分散給每位學生，60 分鐘的課程，每個人說個幾句，老師再糾正一下，搞不好你只有

分到 5 分鐘可以開口練口說，一部分的時間都在等同學結巴中度過。

針對老師上課的方式，建議也要有意識地觀察，並且主動跟老師溝通調整。如果你的目標是口語能力上的精進，上課時間至少應該有 50% 以上的時間，是老師引導你開口說來讓你練口語。如果你的目標是要能自己寫一封 email 給國外的偶像明星，那上課時間應該有 50% 的時間是老師引導你練習寫作的萬用句型或框架。

自我觀察上課情況並不是要挑老師毛病，而是要檢視自己付出的學習時間，對於目標達成有沒有直接的幫助。老師要面對的學習需求百百種，有時並不一定那麼快能精確掌握，學生主動溝通，能夠幫助師生雙方都更快速地磨合、聚焦。

3. 制定計畫

說得更精確一點，就是訂下每一天的行動課表。假設現在目標是「學習 20 小時後能用日文做 2 分鐘的不看稿口頭自我介紹」，那麼第一小時可以先練熟 3 至 5 句口頭自我介紹並且錄起來，第二小時再加新的 3~5 句，第三小時用前兩小時學的內容來變成簡單的對話，加深印象，這樣如疊樂高般地層層堆疊，一直累積到 20 小時，每個小時都是前面幾個小時的累積而成。

有些人會覺得制定計畫效益不大，因為常常在第二、三天就計畫崩壞，完全沒跟上。但是有計畫，至少在放逐幾天後想要回頭彌補，也知道跟著計畫可以從哪裡開始補起。

其實最理想的是一開始就制定「達成機率高」的計畫。比如有些人會計畫「每天讀英文一小時」，這鐵定非常難達成，因為：

（1）建立一個「每天」要做的新習慣，從來就不是一件容易的事。

（2）所謂的「讀」一小時是要「讀」什麼？某本書？紐約時報上的一篇新聞？還是某本剛買的英文教材？沒有好好為自己定義，時間空出來了也不知道要讀什麼。

（3）「一小時」看似合理，其實是蠻長的一段時間，你上次坐在書桌前認真看一小時的書是什麼時候？搞不好連中文書都很久沒有看一小時了，更何況是英文。

所以該怎麼調整呢？

▶1. 為「每天」定義出一個「明確固定的時段」

最好是綁著你原本就會每天做的一件事，跟舊習慣產生連結，例如「每天起床刷完牙之後」、「每天午餐之後」、「每天晚上上床睡覺之前」。

以我自己為例，我每天都會去遛狗，但是是跟先生輪班，有時候是早上輪我，有時候是晚上輪我，我就把自己的「每天」定義為「遛狗的時候」，早上晚上不固定沒關係，只要遛狗，我就沒有懸念地戴上耳機聽日文，至少每天遛狗的那 20 分鐘，我一定會跟日文接觸。

▶2. 決定好每天的寶貴時段要做什麼

現代人每個時刻都在面對大量雜訊，可能本來打開手機要用一個 APP 來練習法文，結果手機裡面存了一大堆法文 APP，光是決定今天要打開哪一個就花了 10 分鐘；本來坐在書桌前要打開電腦的筆記軟體寫一段英文日記，一不小心就變成研究筆記軟體的新功能，原本為寫日記留下來的 20 分鐘就不見了。

　　你都好不容易每天空出一小段時間來練外語了，你需要一個單一、簡潔、不會讓你分心的行動指令。

　　以我每天遛狗聽日文音檔的例子來說，我一定要為自己決定好，遛狗的時候要打開哪個 APP？聽哪個音檔？

　　有一陣子，我手機下載了一大堆日文 APP，幻想遛狗的時候可以聽，結果我每個都聽一點，過了一星期覺得一直都在聽初級重複的內容，好像都沒進步，就沒動力、中斷了。

　　後來我把那些 APP 都刪了，只留下一個 MP3 播放器 APP，把我想練習的教材音檔全部輸入到一個音檔播放器的 APP，讓它可以連續播放，然後把播放器 APP 放在手機主畫面當中顯眼的位置，讓我急忙出門遛狗的時候不花力氣就直接找到它按下去，根本不要花心思去想我現在要打開哪個 APP。

　　另外，也要把我的藍芽耳機放在固定的位置，隨時充滿電，出門遛狗的時候一定要很快就能找到有電的耳機。

　　屏除雜訊，讓行動指令單一化，徹底利用好不容易規劃出來的寶貴時段。

4. 記錄過程

　　你現在還想得起來上星期複習了英文的什麼項目嗎？有時候是不是會覺得，每天花費那麼多意志力讓自己去執行那些計畫，也不知道成果在哪裡，這樣真的會有進步嗎？

　　會疲倦、會想懈怠，都是很正常的，所以我們需要透過記錄過程來增強自己的信念。

　　一個簡單的習慣記錄表、甘特圖，每天做到哪些項目就打個勾，或寫下你付出的時間，例如練習了 15 分鐘就寫個 15，想到那個可以在表單上記錄時的滿足感，你可能就會願意多堅持幾天。

　　一週之後，看到圖表上連續打了 7 個勾，成就感倍增，截圖 po 個文，讓朋友來按按讚，你可能又滿滿動力，可以再挑戰下一週的連續 7 個勾。

　　拿一本漂亮的筆記本、或用自己喜歡的筆記軟體，來追蹤自己的學習紀錄吧！

圖為我在手寫筆記軟體做的語言學習每日追蹤，數字代表當天花了多少分鐘在這個語言的任何練習上，15 代表 15 分鐘，60 代表 60 分鐘。

5. 按時輸出

　　常有學生問我：「老師，我覺得自己的口說這陣子都沒進步，學了很多新東西都說不出來，還是只會用很簡單的字說話。」

　　我第一個總是問他：「你平常都怎麼練習？花最多時間的都是在做什麼？」

　　大部分的學生會回答：「讀課本、整理筆記、上網看影片。」

　　讀課本、整理筆記，練的是閱讀能力。上網看影片，練的是聽力。花大量時間做閱讀和聽力練習，卻期待口說能力進步，就好像你都只做上半身的肌力訓練，卻期待下半身要瘦下來一樣，本身就是個錯誤的期待！

　　語言的能力分為聽、說、讀、寫四個面向，「聽、讀」是輸入，「說、寫」是輸出。只有輸入沒有輸出，就像一直吃東西都只進不出一樣，會消化不良。身體上的消化不良可能是發胖、生病，學習上的消化不良就是知識堵塞、混亂。

　　一直聽音檔、看外文的戲劇、聽外文的新聞，會進步的就是聽力，但是你只有練到耳朵沒有練到嘴巴，所以努力半天，說出來的內容很可能還是停留在原本的程度。

　　一直閱讀、吸收資訊，會進步的就是閱讀能力，但是你只有練到眼睛輸入沒有練到手部輸出，會進步的就是閱讀能力，所以努力半天，寫出來的內容很可能還是缺乏架構。

　　這時候你需要的不是聽更多、讀更多，而是把時間轉移到輸出的「說、寫」這兩項練習上。

　　你可以設定星期一至五都是固定時間聽音檔、做跟讀練習、或是讀教材，整個星期都是輸入，週末有比較長的空檔時，把這星期聽的內容做個整合，自己組成一篇小故事、短日記，寫下來，這樣就是在練習「寫」的輸出。

　　接下來，你可以把手機架起來，把你剛剛寫的內容用口說的方式說出來、錄起來，這樣你就是實實在在地在練習「說」。你不需要逐字背稿，只是換個形式把所述內容透過口說表達出來。

　　我自己不管是在雲飛或在外面學校教的課，所出的作業常常都是

讓學生錄影片或是音檔，讓學生至少每個星期有一次機會，拿起手機把自己說的東西錄起來，這樣的練習有很多好處：

(1) 為了錄出來的東西不要太爛，學生會錄好幾遍再交出，所以一定會有反覆的練習。

(2) 為了整理自己想錄的內容，學生可能會先把它寫下來，所以我根本不用出寫的作業，反正他們已經練到了。

(3) 錄下來的檔案會保留下來，等學了一陣子覺得自己怎麼都沒進步的時候，可以讓學生把自己幾個月前的作品拿出來看，保證可以看出明顯的進步。

(4) 如果學生覺得自己做得還不錯，就會公開在自己的社群媒體，朋友幫他按讚，他得到成就感，我也得到曝光，一舉數得。

就算是自學，沒有老師給你出作業，也很適合為自己規劃「定期輸出」，週一至週五規律輸入，週末至少輸出一個小作品，30 秒說外語的短影片、100 個字的短日記都好，願意公開 po 在社群平台更好，借助親朋好友的鼓勵、留言、按讚，讓自己有持續練習的動力。

6. 定期回顧

如果你有做到「記錄過程」和「按時輸出」，就不缺「定期回顧」的素材。

你可以設定每個月的月底，把整個月的記錄過程翻出來看看，這個月有幾天做到原本設定要做的練習？承諾自己每個週末要產出的一

個短影片，這個月實踐了幾次？回頭看看這個月月初錄的影片，有沒有觀察到自己的進步？下個月要練習一樣的項目嗎？現在在做的事情的確是在往原本的學習目標靠近嗎？還是想做些什麼調整？

這個步驟很像是如果你有記帳的話，月底也是要把帳攤出來看看，這個月有哪些支出過高、哪些支出控制得不錯，接下來要怎麼調整。

為了增加財富，你會勤勞記帳；那麼為了學好外語讓自己未來有賺更多錢的競爭力，相信花點時間為學習過程留下記錄，也是會是很值得的付出。

皓雲老師 語.感.教.室

1. 語言學習 6 步驟：設定目標／截止時間、選定教材／課程／老師、制定計畫、記錄過程、按時輸出、定期回顧。
2. 調整學習計畫：定義每天可學習的明確固定時段、決定好那個時段要做什麼，屏除一切雜訊。
3. 按時輸出的好處：可反覆練習、留下記錄、回顧記錄、有成就感。

無痛學習心得

03
如何設定中長程目標？

　　根據歐洲語言分級框架，把語言等級分為 A1、A2、B1、B2、C1、C2。A1 是最初級，C2 是最高級。以下以西班牙文舉例，套用到其他語言也大致接近。

　　可以自己去旅行時買買東西、點個餐、殺殺價、問個路，你需要 A1 程度，中文母語者的西班牙文從零學到 A1，需要大約 50 至 100 小時的學習時數。

　　可以跟外國人聊聊天、認識一點異國文化、甚至出差時跟國外的廠商來點體面的寒暄、社交，你需要 A2 程度，中文母語者的西班牙文從零學到 A2，需要大約 150 至 200 小時的學習時數。

　　可以交代自己的過去現在未來、可以想講什麼都能以 80% 的準確度講出來，可以談點深入的話題像是旅行的意義、家庭、健康的重要性這種，或是一點點新聞時事，你需要 B1 程度，中文母語者的西班牙文從零學到 B1，需要大約 250 至 300 小時的學習時數。

　　B1 程度其實就等同於國內西班牙語系主修畢業學生的程度了，他們的畢業門檻是 B1。

　　如果你希望可以把這個語言學到一個搬得上檯面的程度，見到外國人就能開口，外人看起來蠻會講的樣子，甚至也可以看看該國的電影，輕鬆看可以懂個五、六成，我建議你以 B1 為目標。

一年 365 天，每天老老實實投入 1 小時，搭配適合 / 經過設計的方法，你一年真的就有機會抵大學本科學生的四年（單純就語言程度的部分）。

如果每天 1 小時真的有困難，那麼減半，每天 30 分鐘，你仍然有機會二年抵四年。

如果還是有困難，那麼再減半，每天 15 分鐘，持續四年，你還是有機會得到一個跟本科系畢業生一樣的程度，而且他們是主修每天的時間都泡在學校學。

你不用每天去學校，你每天有系統本科生持續地學 15 分鐘就可以，如果持續四年，沒有 B1 也很難。

為什麼我建議以 **B1** 為目標呢？

1. 你可以大方地跟外人說：我的ＸＸ語有 B1，對方聽不懂什麼是 B1，你可以說「就跟大學ＸＸ語系主修畢業同等的程度」，解釋起來非常容易。

2. 應徵一般工作很有加分效果，像是國際業務這一類的，B1 就綽綽有餘。

3. 到了這個程度，就算一陣子完全中斷，因為根基已穩，之後要撿回來也還很快。但是如果是 A2 或甚至 A1 就停下來的話，半年後幾乎就全部歸零，那真的非常可惜。

想知道西班牙語檢定考 DELE 考試是什麼？怎麼準備？請參考這支影片：

　　2021 年年初，我們有一組學生，從零開始學，每週上 8 小時的課，超級密集班，到了 3 月，他們就已經具備接近 A2 程度，以這個節奏下去，今年年底要挑戰 B1 檢定考非常有希望，真的是一年抵四年。

　　密集的好處是：你根本沒太多時間忘記所學，因為隔天就會幫你再複習，然後加點新的，累積非常明顯。

　　每一至二年投資自己一個語言，十年之後累積 5 種語言到 B1 程度，如果方法用對，其實也不是太夢幻的目標。

皓雲老師 語.感.教.室

1. 以 B1 為學習目標的好處：和該語言主修大學畢業生同等程度、應徵一般工作很加分、根基已穩，即使一陣子不用也能維持。
2. 密集學習的好處：沒時間忘記所學、時常複習、快速累積。

無痛學習心得

04
每天三個十分鐘的學習時間表

常常在年初或月初立下目標：每天要練習 30 分鐘的英文、日文、
ＸＸ文，結果都只執行 2、3 天就放棄，到底這件事情難在哪裡？

1. 承認吧！職場人士、家庭主婦、自由業者……大部分的成人，
現在除了滑臉書追劇打電動，都已經很難堅持連續 30 分鐘的專心度。

2. 承認吧！你的生活型態根本空不出完整的 30 分鐘，就算是追
劇這種事情也空不出來。

3. 承認吧！就算你今天突然空出 30 分鐘，你第一個想做的事情
也不會是練習語言，你總是有更好玩、更重要或更緊急的事情要做：
陪小孩、回一封積欠已久的 email、要整理房間、冰箱空了東西都還
沒買……，練習語言？似乎無傷大雅，那就過兩天再看看吧！

4. 承認吧！你每天回到家都好累，30 分鐘好久，實在力不從心。

5. 承認吧！你現在手上在複習的那本教材根本無聊又不實用，
背一大堆不知道什麼時候才會用到的句子實在讓人沒動力，等有空
再去書店找一本新的書來讀好了？哪天有空去書店呢？遙遙無期。

你需要放下那個「我要等到有完整時間坐在書桌前，才可以練
習外文」的執念。事實上就我所看到的，超過一半的成人學習者，
就算看起來很認真地坐在書桌前讀書抄筆記，也大多是在用以前學
生時代所留下來讀書習慣來學習，幾乎都是無效努力。

我建議你說服自己把執念放下，然後試著執行以下步驟：

1. 把每天設定的 30 分鐘，分成 3 個 10 分鐘。

2. 決定好這 3 個 10 分鐘在日常生活的哪些「固定流程」綁定。 比如說刷牙洗臉化妝的 10 分鐘、通勤的 10 分鐘、遛狗的 10 分鐘、睡覺前的 10 分鐘。 有些人會在行事曆上面寫下「7:30~7:40 念外語」，我自己的經驗是這樣地成功機率很低，因為我們總是有時候會睡過頭，有時候那個時間家人需要你，有時候突然一通電話進來，變數太多。

這些練習時間必須成為不需思考就會做的自動化行動，所以我建議你要跟日常生活的「固定流程」綁定，反正你每天都一定會刷牙洗臉化妝，那麼同一時間打開手機聽音檔，一定不會忘記，你不用再去猶豫「我今天要什麼時候來執行這個 10 分鐘」。

3. 為每一個 10 分鐘設定固定任務。 我自己的版本是這樣的：

❶ 遛狗的 10 分鐘：聽外文 podcast 或是某本教材的音檔，如果音檔少於 10 分鐘，就反覆播放，不要聽新的。一邊聽要一邊跟讀，不用管懂不懂意思，先跟讀就對了（如果你這段時間不方便大聲說話，至少也動動嘴巴小小發出聲音來跟讀）。

❷ 午餐後的 10 分鐘：把早上聽的內容寫成筆記（我都是用 iPad 手寫功能記在固定的數位筆記本 Goodnote 裡面，一定找得到，且隨身攜帶），不用全部寫下來，只要能夠記下幾個實用的句子、想背下來的新片語、覺得好玩的任何對話……，都可以，以 10 分鐘能完成為主。

❸ 晚上睡前的 10 分鐘：把中午記的內容講出來，自己拿手機錄音或錄影，做主動的口語輸出練習。

　　語言學習是在越多不同的場域、空間、情境、媒材（書、電視、廣播等等），看到重複出現的內容，記憶能夠停留得越長久。所以我建議你邊聽要邊跟讀、跟讀完之後要寫、寫完之後要說。

　　你可能會說：「這樣都一直在練習一樣的內容，不會太少嗎？」我很確定地告訴你，真的不會太少，這樣一樣的內容用不同媒材練習3次，你印象會很深刻，記憶停留比較久不容易忘記，而且你會很有踏實感，比起讀一大堆書，合起書來卻一句話也吐不出來（是不是很像準備高中英文期末考的那種感覺？）倒不如紮紮實實地把小範圍的內容練好。

　　你只要持續一個星期，任何一種新的語言，你最少都可以做不看稿的口語自我介紹，實在沒有學不會的理由。

三個零碎的 10 分鐘，勝過一個完整的 30 分鐘

　　這樣的學習計畫執行面背後，其實要克服的一些心理關卡：

1. 聽的時候沒有看到文字不知道自己在聽什麼？

　　你出國的時候，大部分的時間也會不知道自己在聽什麼，你就是要透過每天大量地聽聽聽，去習慣「不知道在聽什麼」的陌生環境感。

2. 我講得這麼爛一定要錄下來嗎？

　　不但要你錄下來，我還建議你夠大方的話就公開在臉書或 IG，讓你的社群力量給你持續的動力，不想天天 po，至少可以一週 po 一次，旁人絕對都能看出明顯的進步，他們給你按讚、留言，能無形

滿足你的社交虛榮感，這可能比你在補習班考試考高分還更有動力。

除了心理關卡之外，還要打通一些技術性關卡：

1. 把要聽的音檔預先準備好：

從市面上課本下載、Podcast、YouTube，什麼都好，你要讓整個流程毫無阻礙，手機打開直接按下去就開始聽，並且設定自動重複播放，不要有任何又拿起手機分心的機會。

2. 把三個時間分成可以用耳朵、眼睛、手的時間：

例如我早上設定的是遛狗時間，遛狗時鐵定無法空出手來拿筆寫字，這時候我就是用耳朵。我的工作地點不固定，有時在補習班、有時在家教線上課、有時在外面講課，但午餐後的 10 分鐘，我通常可以找到坐下來的地方，iPad 隨身帶著，拿出 Apple pencil 寫點筆記，用手學習是沒有障礙的。

晚上睡覺前的時間，我一定在家，通常蠻安靜的，就很適合拿出手機來錄音或錄影，如果你不想素顏錄影，可能就設定在吃完晚餐或是剛下班的 10 分鐘，要不然就錄音。

只要以「每天 3 個 10 分鐘」為核心，去找出自己生活模式下適合的時間，和當下情境適合練習的方法就可以了，順序調整是沒有關係的。

3. 不管有沒有講到完美一定要錄完：

你可能講 100 次也不會覺得夠好，但是記得，你就是只有 10 分鐘，請要求自己一定要有產出，即使只有錄一句話也好，留下記錄，你往後才有內容可以回顧，清楚追蹤進步的軌跡。

4.挑適合自己程度的內容：

關於聽的內容的選擇，請先挑好適合自己程度的（第 82 頁提到的「i+1 理論」還記得嗎？），最好是 80%～90% 都是原本就懂的，10%～20% 左右是新的資訊，程度適中才能長久。

如果你已經是中高級程度的，我會建議你直接找「給該母語母語者」聽的節目，可以往自己有興趣的領域去選，例如我經營自己語言中心，很需要行銷、個人品牌、創業相關的知識，我就會去找法語世界分享這些的 YouTube 或 Podcast 節目，這樣一邊練法語，也可以一邊吸收自己需要的知識。

皓雲老師 語.感.教.室

1. 適合忙碌大人的學習規劃：30 分鐘／天，10 分鐘／次、決定 3 個 10 分鐘要和哪些日常生活綁定、為每一個 10 分鐘設定固定任務。
2. 學習規劃如何有效？克服自我懷疑的心理關卡、預先準備音檔、切割三個時間在耳朵／眼睛／手的學習、錄影／音，輸出並公開。

無痛學習心得

05
建立切合個人目標的學習系統

你有嘗試過減肥嗎？常見的減肥方法不外乎：

1. 每天少吃一點
2. 每天運動一點

真的有確實「持續」執行的，一陣子之後總會見效，少吃一點減低每天攝取的熱量，運動一點增加每天消耗的熱量，一漲一消，每天累積就會形成明顯差距。

但如果執行兩天休息兩天呢？效果可能會直接減半；激烈節食一兩個月？復胖幾乎是必然的下場。

學語言也是一樣的，每天學一點點，即使只有 10 分鐘，也比週末狂練 100 分鐘好。短期大量硬塞，看似有成效，但很難持久，反而一陣子後會因為過度投入而反彈，就像激烈節食後會狂吃一樣。

如果真的希望自己未來的履歷上，可以很踏實地寫上自己的某個第二外語，有「可溝通」或是「可流利溝通」的程度，其實真的沒有那麼難，你第一個需要的，就是「建立一套自己的學習系統」。

去健身房買教練課，教練通常會依據我們的期待，幫我們規劃一個訓練菜單，這套方式在語言學習上一樣可以套用。

要減重跟要增肌的人，練習方式一定不一樣。需要訓練口說能力

跟寫作能力的人，學習計畫一定也不一樣。

　　建議你先想清楚你的優先順序，四大語言能力：聽、說、讀、寫，你的優先順序是什麼？貪心全都要，資源分散，達標的時間就是一定會慢，你不見得能撐到那個看到成果的時候。

　　以我教過的成人學習者來說，大部分都是期待自己能先突破害怕開口的狀態，畢竟讀＆寫我們都已經從小到大被英文的讀寫考試茶毒多年了，看到外國人不敢開口，是多數人大半輩子的心理障礙。

　　如果你也是這樣，那就把「聽、說」放在「讀、寫」之前來建議學習系統。每天努力空出來的寶貴外語時間，不要拿來讀那些文法說明、拼寫生字，而是要拿來大量地聽＆說。

　　針對時間零碎的忙碌職場人士，如果前篇所述，我很推薦這樣的週週「**每天三個 10 分鐘學習系統**」，每天早中晚各抽出固定的 10 分鐘，就可以在一個穩定的節奏上進步。

週一～週四	早上 10 分鐘	音檔或廣播節目，請盡量選擇 10 分鐘以內可以聽完、適合自己程度的內容，如果只有 3 分鐘長度也沒關係，你就可以聽 3 次。
	中午 10 分鐘	整理早上聽到的筆記，因為你只有 10 分鐘，筆記也不用多，或許 3 個新的短句，抄寫一下，自己再代換一兩個詞來造新句子，就已經很完美了。（**寫的輸出**）
	晚上 10 分鐘	透過錄影或錄音，把中午寫的東西錄起來，當作口說練習，並且把今天學到的新內容重新鞏固。（**說的輸出**）
週五～週六		至少安排固定一次的語言課程或一對一家教，每次 1~2 小時，當作和真人練習口說的輸出練習。
週日		休息＋緩衝，可以拿來補週間沒完成的進度，或是單純放空一天不碰外語。

　　以下以不同的三個學習目標，分別舉例說明如何規劃每天的「三個 10 分鐘」。

如果你的目標是「**能夠獨立並加速完成工作上需要用外語往來的商業 email**」，那麼你需要建立的學習系統可能就是這樣的：

週一～週四	早上 10 分鐘	閱讀一篇商業 email 範例。
	中午 10 分鐘	整理筆記，抄寫萬用句型。
	晚上 10 分鐘	套用句型把早上學到的東西透過寫的方式應用出來。
週五～週六	自己整合週一～週四學到的內容，去寫一篇自己需要的商業書信，交給老師修改，並再反覆練習錯誤之處。	
週日	休息＋緩衝，可以拿來補週間沒完成的進度，或是單純放空一天不碰外語。	

如果你的目標是「**可以輕鬆閱讀外語新聞**」，那麼你需要建立的學習系統可能就是這樣的：

週一～週四	早上 10 分鐘	閱讀一篇短篇新聞。
	中午 10 分鐘	查幾個關鍵重點單字片語做筆記。
	晚上 10 分鐘	將這些新的單字整理起來，或許自己做些造句練習，然後把早上看的這一篇新聞再重看、回想一次。
週五～週六	把週一～週四的新聞都快速重新瀏覽一遍，看看有沒有常常出現的共同句式？重複出現的單字？用不同的單字表達類似意義的同義字？就可以趁著週末有空時整理在一起。	
週日	休息＋緩衝，可以拿來補週間沒完成的進度，或是單純放空一天不碰外語。	

如果你的目標是「**可以輕鬆看懂外國 Youtuber 在某個專業領域的影片**」，那麼你需要建立的學習系統可能就是這樣的：

週一～週四	早上 10 分鐘	先看 2~3 次影片。 (建議 2~3 分鐘短影片)
	中午 10 分鐘	查幾個關鍵重點單字片語做筆記。
	晚上 10 分鐘	將這些新的單字整理起來，或許自己做些造句練習，然後把早上看的這個影片再重看、回想一次。
週五～週六		把週一～週四的影片挑幾個小片段出來，比如說特別喜歡的幾個金句、對你未來的表達有幫助的一些片段，做跟讀練習，或是把前幾天做的筆記拿出來整合，自己編成一段話，錄起來當作練習表達。聽跟說是相輔相成的，多說會幫助聽力，多聽會幫助口說。
週日		休息＋緩衝，可以拿來補週間沒完成的進度，或是單純放空一天不碰外語。

有這樣的系統框架先建立起來，你就不會今天拿一本課本讀一下，明天覺得無聊改成看個小說，後天覺得想試試看聽一段 Podcast 新聞，大後天又變成練習寫日記，忙了半天看不到明顯的進步，無形中就失去動力。

有這樣的系統框架先建立起來，你就不會總是都在做你本來就已經很會的練習。比如你的聽力已經很好了，而且你明明需要快速進步的是口說能力，你卻因為習慣成自然，或是覺得「哎喲～錄影片練口說好可怕，找外國人練習好麻煩，我還是繼續多聽一點再開始練說話

好了！」結果又繼續在練聽力的舒適圈多待了半年，聽力從 90 分進步到 95 分了沒錯，但是原本 60 分的口說還在 60 分。

有這樣的系統框架先建立起來，你才會很清楚地知道自己每天努力是往哪個方向去，累積的成果會出現在哪裡？當你發現自己過了一陣子都沒有得到期待中的進步，你可以很清楚地回顧檢視，過去的努力時間都投注在什麼事情上？為什麼期待口說進步但是都沒有？有可能你過去的努力都是在閱讀練習，但是帶著錯誤的期待，以為口說也會神奇跟上。

類似這種學習過程中的迷路很常發生，我們在摸索一件不熟悉的事情時，如果沒有人引導，本來就會走錯方向，再繞回來就好，預先建立系統框架，就很容易找得到回到焦點的路。

皓雲老師 語．感．教．室

如何每週運用「三個十分鐘學習系統」：

1. 週一～週四：練習聽說讀寫，設定目標及三個十分鐘的固定時段。
2. 週五～週六：整合內容，或安排課程。
3. 週日：補上進度或純粹休息一天。

無痛學習心得

06
享受語言、找對夥伴，
一起維持長期學習動機

我從事教學二十年，常常可以看到學習者剛開始動機高昂，來報名的時候信誓旦旦地說：「我可以每天空出 30 分鐘練習，西班牙語是我今年下班後的第一優先，我今年一定要學到ＸＸ程度。」結果持續 2~3 個月之後就沒有續航力了。

這是非常正常的，就算我自己從事語言教育，學其他外語的動力也是隨著生活節奏的改變而高低起伏。我們不需要、也很難一直把自己綁在一個高壓學習的狀態，我們需要的是隨時覺察自己目前的動機強度有沒有維持，還有如果暫時低落了，能不能盡快把自己拉回來。

設定目標是很好的，想要短期高效地衝刺也是很好的，但請記得留給自己一點彈性，過度自我要求，最後常常就是什麼都沒有。

根據我教過來自七十多個國家、上千名學生的觀察，成人的學習動機，通常有幾個要素：

▶1. 為了未來那個想要成為的自己：

希望明年去中南美洲自助旅行的時候可以到處跟當地人交流，不需要靠導遊幫助；希望不久後可以得到外派或出差談案子的機會；希望拿到檢定考試證書後擁有漂亮的履歷；希望在有外國人的社交

場合可以因為有多語社交能力，而成為注目焦點。

這樣的動機是很有畫面、也很貼近生活的，我甚至建議可以把那樣的場景畫出來、或用照片的方式展示出來，放在顯眼的地方，天天加強信念（吸引力法則的概念）。

我自己剛開始學西班牙文的時候，也常常在腦海裡勾勒用流利的西班牙文和職棒洋將做採訪的畫面，這樣上課時學到採訪相關的句子時都會特別興奮，非常有動機。

▶2.學習的夥伴互相陪伴、社交支持：

班級氣氛越好、混得越熟，就能支撐得越久。

以我自己的班級學生來說，有許多工作苦悶、整天對著電腦或關在實驗室裡面的工程師，他們來學歐洲語言，大多沒有工作上的需求，語言無法幫他們升遷加薪，但是他們下了班累得要命，都還是很願意花錢過來學習，為什麼？

因為在學習場域，能夠認識到一群「對外國文化都很有興趣的好朋友」。這群朋友有共同興趣，但平時生活無交集，更毫無工作上的利益糾葛，是一群既能夠一起學習、又能夠自在交流職場心得的夥伴。出社會後，這樣的弱連結優質友誼更顯珍貴。

我甚至認為這也算是花錢去補習班上課可以買到附加價值之一，你若是選擇自學，或許也可能因為自己的努力得到學習效果或省下學費，但你鐵定得不到這樣的純粹友誼。

我的教學經驗中，有的班級甚至可以維持五至六年，一週一次的課程完全不間斷，中間可能有人出差、換工作、生產等等因素短期中斷學習，但是只要班級的凝聚力還在，這個班級有人繼續學，就還有

機會把中斷的人拉回來，比什麼履歷加分、檢定證照的吸引力都還有效，這是一個很強大的社交學習力。

學外語的人大多也喜歡嘗試新鮮的事物、或出國旅行。我教過的班級，只要是那種出國就會帶異國點心來請大家吃、發現新的異國料理餐廳就會揪同學去吃、網路上看到國外好玩的新聞就會在班級群組分享的，都會學得又長又久。

就算你平常沒有很認真按表操課，也沒有建立所謂的系統框架，但有一群人陪著你一週一次走個五、六年的課，以一週 1.5 小時的課程來算，累積起來也有 300 至 400 小時，總是會有一個成果。

語言這個技能不在短期爆發，而在長期累積，撐越久越有機會，而好的學習夥伴真的能幫你撐很久。

如果你都已經花錢去補習班上課了，建議也花點注意力在你那些跟你一樣認真過生活的同學們身上。好的同儕關係，也是要花力氣經營出來的。

▸3. 欣賞老師、享受學習過程：

我的法文起步很順利，就是因為第一位法文老師讓我覺得好想一直跟著他學下去。教學方法是不是特別厲害我已經不記得了，但是到現在我還很有印象的是：他對人生超有熱情。

他來台灣教法文，同時也是一位業餘音樂家，平時有自己的樂團會練團，也一直在接觸新的樂器。他對台灣充滿好奇，會用法文跟我們聊他在台灣觀察到的文化衝擊，又絲毫不帶批評。

在課堂上我可以感受到他是 100% 投入身心能量在跟學生互動，那種老師的魅力我想許多學生只要坐在教室就可以感受得到。有的

老師很會教，流程 100% 流暢，但是跟學生隔一層，感受不到老師的能量，那就是可能已經進入職業倦怠，或是把教學 SOP 練得很熟只是想要炫技的老師。

一位真心對待學生、真心想要幫助學生進步、同時自己也在人生當中各方面不斷求進步的老師，就有能耐讓學生長期維持學習動力。

如果你發現本來還蠻喜歡的課程，近期讓你覺得沒什麼動力了，可以觀察一下是不是老師的教學已經無法給你更多語言之外的刺激，或是這位老師身上該學的你已經學得差不多了，那麼找尋下一位能夠帶給你更高階一層學習的老師，或許也是一個解方。

特別是如果你的語言程度已經到達中級以上，是需要老師引導你做些深度討論的，那麼老師自己本身的素養深度就更重要。

我的西班牙文到了中高級程度之後，也曾找過幾位線上家教老師想要做深度進修，後來不了了之，因為我們討論新聞，老師只能從字面上跟我談句型、語法、單字用法，完全沒有引導討論的能力，原因是老師自己平常就很少閱讀，根本不知如何消化深度新聞。

就算西班牙文是我一輩子的愛，這樣的課程我也是上不下去，這不是學習者的問題，而是學習者需要另一種層次的老師。

如何面對停滯期和倦怠期的瓶頸？

首先，你要有意識，**停滯期、倦怠期必然會發生**。

減肥過程中大多數人都會怠惰，存錢過程中大多數人都會有一陣子想要亂花錢，就連婚姻到了七年也會有七年之癢。

不需要避免它，而是要與它共存。

語言學習的進步像是一個一個連接起來往上的階梯（如圖）。

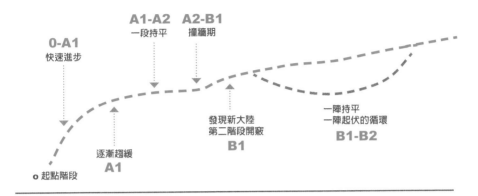

從零開始時會覺得每天都進步神速，因為你什麼都不會，學什麼都是新的，加上初學階段需要理解的概念不深，通常學習者都是興致勃勃、動力滿滿。

到了 A1 階段結束，開始進入各種時態、動詞變化、句子拉長，理解負擔開始增加，梯形上升幅度會開始減緩。

到了 A2 接 B1 的階段，又是一個更大的檻，這階段要從大量機械式的句型操練，過渡到拿掉文法框架、模仿母語者自然輸出、交流的狀態，停滯感通常會更久，覺得自己已經學了一大堆，為什麼還是講得亂七八糟？

這個時候萌生放棄念頭的人特別多，多數撐不下去的人，會在這個階段長期陷入學個半吊子、停滯、歸零、重新開始的循環。

如果你也放棄，就跟大多數人一樣了。

語言這種技能，**撐得久的就有機會贏**。

　　婚姻關係走到平淡期的時候，我們可能可以刻意為對方製造驚喜、改變小部分生活方式、兩人一起安排做些不同的活動，來為太過於習慣對方的兩人關係重新加溫。

　　面對語言學習的倦怠，處理邏輯其實差不多。

▷1. 製造驚喜感：

　　給自己設定一些小目標，例如考過檢定某個級數就獎勵自己一個小旅行，考過更高的級數甚至可以直接到使用該外語的國家實戰演練。畢竟很多人學外語的目的，某部分也是旅行時應用，不是嗎？

　　網路上很知名的斯洛維尼亞籍多語專家、語言教練 Lydia Machova，也在多語研討大會當中分享過她如何安排階段性任務和自我獎勵 [1]。

▷2. 改變既定學習流程：

　　原本每天都要讀某一本教材覺得很膩？那暫時換成一本短篇故事書來維持語感如何？或者安排兩個禮拜都不要再讀課本，改成看兩個禮拜的外語 Netflix 節目來尋找新的動機呢？

　　一件事情做久了會膩，很正常，為自己找一個暫時脫離、又不影響大局的方法，就像是職場倦怠時我們會去渡假充電，回來後又是一條好漢。

1.1https://www.youtube.com/watch?v=ZOA9siGtQbQ

▸**3. 借助戰友的力量：**

　　一個人努力的確難免孤獨，你可以在網路上揪個小團，三至五個人組一個 Line 群，不用見面一起讀書，只要在群裡約定好每天定時打卡，報告自己的學習進度，互相激勵督促即可。

　　或者你也可以找一位外籍人士做語言交換，最起碼爲了那一次的見面，你多少要做些準備，而且跟人互動也比較不容易無聊或怠惰。

　　不過要能找到一個穩定、長久的語言交換夥伴，可遇不可求。我自己的經驗是，跟大約十位拉丁美洲的交換學生見過面之後，才認識到一位眞心想學中文、也很願意陪我練習西班牙文的尼加拉瓜籍語言交換夥伴。

　　語言交換看似美好，其實執行難度頗高。兩個多年的好朋友，要坐下來每個禮拜好好地陪對方對話一個小時，都已經不太容易，更何況是生活上完全沒有交集的語言交換夥伴？

　　如果你時間有限、又眞心想要透過語言交換來做有效練習，多花點時間去認識最適合長期合作的夥伴，並且認眞爲每一次的見面做一些話題上的準備是必要的。見面時先有話講很重要，你主動講話，對方就比較知道要如何跟你對話，時間拉長一點，語言交換可以成爲生活上、工作上完全沒有利益糾葛，又可以放心談話交流的特殊朋友。

皓雲老師 語．感．教．室

1. 維持成人學習動機的要素：成就自己、學習夥伴的陪伴與
   支持、欣賞老師與享受學習過程。
2. 面對停滯期和倦怠期的瓶頸：製造驚喜感、改變既定學習
   流程、借助戰友的力量。

無痛學習心得

07
要拿考檢定或短期遊學當學習目標嗎？

　　雖然當了二十年的老師，我曾有長久一段時間對考試非常反感，所以現在要鼓勵學生去考檢定考試，實在也經過一番天人交戰。

　　檢定考試這種東西，說穿了，就是一種人類創造出來的「規矩」，某一群有特殊身分和能力的人聚集在一起，制定了一套考試系統，昭告天下說現在大家都聽我的，通過了我這套系統，我就認定你有這個程度，而且全世界都得同意。

　　這不就檢定考試的本質嗎？

　　我們要跟考試系統硬碰硬嗎？全世界一堆機構、公司都說「我就是要看證書，因為大家沒時間一位一位跟面試者對話，去確認你是否真的有這個語言實力。

　　那我們能怎麼辦？沒證書，求職在書面資料審查就被過濾掉了。

　　我是個天生反骨的老師，自己不想服氣於考試權威之下，教學初期也常和學生灌輸「你實力如何就是如何，考試也不見得能精準評斷」的觀念。

　　然而，這些年來，年紀漸長，我似乎越來越能夠以比較全面的角度去看「我其實很不喜歡的語言檢定考試」這件事。

　　因為我不斷驚喜地發現考試給學習者帶來的好處。

1. 學習者為了想通過考試，更努力學習、更有目標，本來不做功課的都突然認真地跟什麼一樣。

2. 同學們為了一起通過考試，一起組讀書會準備，建立班級革命情感，創造獨特回憶。

3. 透過考試，知道自己強在哪裡、弱在哪裡、如何加強。

4. 拿到證書可以自我滿足、求職求學、又可以用來社交炫耀，一證書多用途。

5. 得到階段性的認可，更有動力往下一個難度邁進。

6. 因為準備考試，全面提升了語言能力，像歐洲語言的考試、雅思、托福等等，是聽說讀寫都要考的硬本事，不是那種只考文法選擇題，憑著考試技巧就可以通過的，所以準備下去一定會整體進步，也不太會因為考檢定考就讓學習路徑整個歪掉。

7. 讓整個學習的過程更有目標感，為自己創造一個努力的理由。

8. 透過準備考試，挑戰自己的極限和跨出舒適圈，原本說什麼都不想用外語寫日記，為了考試就甘願地寫；原本說什麼都不接受老師安排的口頭報告，為了口試也要通過，就甘願地反覆演練，還錄影片自我觀察。

9. 很方便地就可以用一個客觀的標準，跟別人說明清楚自己現在擁有的程度。

上面這幾點，都是我這幾年從我「自願去參加考試」的學員中觀察來的。

考試或許給他們帶來一點點壓力，但結果都是對學習有正面幫助的，過程也都是充滿歡樂回憶的。更重要的是，他們都因為參加了考

試，對學習更有動力，對這個語言更有熱情。

　　我們應該利用考試幫助自己完成學習目標，而不是反倒被考試制度玩弄或制約。台灣很多學生因爲非常在乎自己階段性的表現，時時刻刻要求 CP 值、高效率、每個階段非要看到明顯進步不可，讓考試反過來主導了學習走向。

　　特別是送孩子去學第二外語的家長，因爲自己不懂該外語，無法具體判斷學習成效而焦慮，只能轉由考試分數來評斷學習成果，便每幾個月就要求老師讓孩子去報名考試。加上周遭親友有意無意的比較，原本應該開心自然的學習，不知不覺就變調成了過度要求考試成績的比武大會，本末倒置，打壞孩子原有的興趣，非常可惜。

　　不要爲了考試去學習，更不要爲了通過考試而讓學習方式歪到考試導向，考試成績不應該是目的，而應該是增強努力動機、創造努力力理由的過程。

我需要規劃一個短期遊學來學習嗎？

　　短期遊學只要安排得當，不但語言上能得到明顯的進步，還有其他面向更深層的收穫：

1. 和不同國家的人一起學習。
2. 體會自己一人重新看世界。
3. 挑戰面對孤獨。
4. 激發危機求生潛能。
5. 以上都做到後，語言進步只是剛好會發生的事。

我們以前都把學外語看得太難了，好像非要投入幾年不可，感覺要學到能說話遙遙無期。

其實這是要看學習目標，如果你只想趕快有個對話基礎，旅行可以簡單用一下問路、點餐、買東西對話、跟陌生人哈拉幾句，網路上可以看些簡單的外國部落客短影片，那麼投入 50~60 小時真正有效、價位高一點也不要太在意的課程，搭配你方法正確的練習，是可以很快達成的。

如果 50~60 小時你還覺得太多太久，想想看英文都學了幾年，很多人看到講英文的場子仍會不敢說。50~60 小時真的很精簡了。

我大學畢業時曾到西班牙去遊學一年，創業教西班牙語之後也曾經到西班牙去短期在職進修 1~2 週，綜合我自己的國外學習、以及觀察許多我的學生的出國進修經驗，我想如果我下次要學一種新語言，或是已經會的語言想要求進步，我應該會這樣安排，我也會建議情況允許的學生如下安排：

▸1. 先在台灣上「至少」50~60 小時零起點基礎課程

重點是要找有經驗、知道教語言是怎麼一回事的老師。如果能密集上最好，越密集效果越明顯，一鼓作氣每天 3~4 小時，持續 4~6 週，一共就是 50~60 小時的課。

為什麼越密集越好？同樣是 60 小時的內容，你如果一週只上一次，一次 2 小時，7~8 個月才學完，每週回去的時候，前一週的差不多忘一半，還要花時間撿回來，拖拖拉拉，越學越沒動力，人生當中如果出現其他更好玩的事情，那麼語言這件事就又不知不覺被放到一邊了。

　　而如果你能每天 3 小時，4 週上完 60 小時，每天學，不太會忘，短時間就看到自己明顯進步，也會更有動力學更多。

　　這 50~60 小時的課是紮紮實實地打會話能力基礎，同時建立這個語言的邏輯體系。所謂的邏輯體系我指的是：

1. 發音系統：

　　像是中文漢字成千上萬個，發音跟字完全兩回事（這也是讓外國人學中文很崩潰的地方）；而西班牙文則是看到什麼音就念什麼，母音非常規則永遠都是固定的發音，30 分鐘記一下，馬上就可以念出雜誌文章所有的發音；韓文、日文的字母這種基礎，大多是靠自己反覆記憶，一定要在台灣學起來，不要到國外去花大錢學基礎。

2. 基本句構的順序：

　　像中文是主詞＋動詞＋受詞（例：我想喝一杯咖啡）；西班牙文則是受詞可以出現在動詞前面（例：我一杯咖啡（它）想喝）；日文也是動詞會在結尾（例：昨天超市買東西我去），這些在初學階段最好能在國內先用中文把它理解起來，不要到國外去跟外師雞同鴨講，等你好不容易弄通，就已經要回國了。

3. 動詞變化的形式：

　　像是中文動詞沒有變化，我們是用「了、著、過、在、正在、即將、要、正要」這些加上去的字來表達不同時間或狀態下發生的事，西班牙文、法文、德文等歐語系語言，則是完全用動詞的字尾變化來表達時態。這種完全不同的動詞邏輯，理解只需要一天，吸收到能夠應用卻需要幾個星期的消化，這個階段，我也建議在台灣學習。

4.有無陰陽性&單複數的變形：

　　像是中文講無生命的名詞如「書、筆、桌子、椅子」這些，都是沒有性別的，而西班牙文的「書、筆」是陽性，「桌子、椅子」是陰性，不需要管它為什麼是這樣，只要知道怎麼分辨最快就好，這個讓有經驗的台灣老師幫你整理，比你到國外去一個一個瞎猜會快很多。

5.時態的概念：

　　中文語法上沒有時態，英文有我們熟悉的現在過去未來等等，西班牙文則是更多，還有命令虛擬條件式一大堆，當你要學的語言的時態，有許多母語不存在的概念時，還是跟台灣老師學最快，因為台灣老師就算講話不如母語者流暢，單字量也永遠無法超過母語者，但他能用台灣人的邏輯幫你很有系統地整理用法，你會很快對這個語言有一個全貌。

　　透過 50~60 小時的基礎打底，再帶著這樣的基礎出國遊學 2~4 週，你到了該國會有一個最基本的求生對話能力，也能夠以這樣的基礎，去堆疊學習進階一點點的對話，以及到真實生活中去實戰演練。

　　如果你不想在台灣跟著補習班課程的進度慢慢學，而是希望用一段人生當中的空檔來快速累積一個語言能力，這樣的做法就很可以考慮。原本在台灣可能要累積一年才能得到的程度，用上述的短期密集學習規劃可能 3~4 個月就可以達成。

　　這樣的規劃，適合大學生、可以彈性安排時間的自雇者、有短期年假或工作空檔，或是剛好在離職、換工作、短暫休息階段的職場人士。

▶2. 安排短期遊學，最短一週（上 20 小時的課），最長不限

就算出國念語言學校只有一週，加上剛開始時在台灣學的 4~6 週，總計大約 1.5~2 個月的時間，也累積了 70~80 小時的上課時數了。如果課程都有經過專業規劃，而你也有照著課程的規劃來自我練習、複習的話，通過最初級的 A1 檢定考試綽綽有餘。如果學語言很有經驗、方法掌握得當，拚到 A2 也是有可能。如果不知道 A1、A2 等級代表什麼程度／級數，可以看這篇：〈語言學習地圖 **2**〉。

而這樣的成果，如果你單純在台灣的補習班，按照一般團體的進度走，每週上課 1.5 小時，自己也只是半主動半被動的複習，偶爾加班出差請個假，要多久才能達到相同的成果呢？一年 52 週扣掉放假，剛剛好就是要上一年的課。看懂了嗎？三週跟一年的差距啊！時間成本算下去的話，拚一下密集學真的划算多了。

為什麼我會覺得出國學一週會有那麼大的效果？因為：

1. 你會走出教室實際使用那個語言

人在國外，你總會需要買一些生活上的小東西，或解決生活需求。舉凡你要買個什麼食物、衛生紙、想吃某種道地美食、買車票、問路，你通通都要自己解決。而你在一個人生地不熟，每個下一步都要看地圖的陌生環境，最快的方式就是開口問。

---

2. 語言學習地圖

2.100% 外語環境

假設你住在寄宿家庭，早上起床要跟他們吃早餐，看他們看的電視或報紙，跟他們說話。出門上課視覺上看到的全是該外語的路標、廣告看板，捷運上聽到的是該外語的播音，走進語言教室不用講當然就是全外語。

下課後就看你自己是要怎麼繼續把自己泡在外語環境，去聽演講、看電影、看舞台劇、去當地人會去學東西的地方學東西、逛超市什麼都好。

晚上回到寄宿家庭吃晚餐，繼續跟他們對談練口語，或是跟他們出去參與他們的家庭活動。

這些都是在台灣上半年一年的課也不會得到的練習環境。

把時間拉長遠一點，密集學習 1.5~2 個月後的程度，差不多已經有繼續自學的能力，或許就可以少上點課，把費用留起來轉攻其它語言，如法炮製。

方法掌握了，一年就可以把三種新語言學習到 A1-A2 之間的程度，都能基本溝通旅遊用，是不是感覺很美好？

皓雲老師 語.感.教.室

1. 考試帶來的好處：有目標會更努力學習、組讀書會準備創造回憶、知道強弱項補不足、自我滿足、階段性認可、全面提升語言能力、創造努力的理由、挑戰極限和跨出舒適圈、有客觀的標準。
2. 利用考試推動自己完成目標，而非被考試制度綁架。
3. 短期遊學的效果：實際使用該語言、100% 外語環境。

無痛學習心得

08
想自學得評估個性狀態能否達成

老實說，雖然自己教語言教了二十年，我從來沒有自學「一種新的語言」成功過，近幾年嘗試的日語、俄語、阿拉伯語自學，通通都失敗。

如果要我以個人經驗來回答這個問題，我覺得如果是從零開始學一種新的語言，答案是 99% 不行。

想要省錢自學，到最後反而是投入更多成本。因為時間耗下去都沒有成果，你怎麼知道如果一開始就好好地去找個老師上課的話，是不是現在已經可以用這種外語能力來幫自己賺錢了呢？

有沒有哪些情況下不花錢自學外語比較有機會成功呢？還是有的，我整理以下幾點：

▸1. 超級有自律能力

跟自己說好每天幾點到幾點是學外語時間，就一定會執行的人。

▸2. 已具備中級程度

在原有的基礎之上，你可以替自己選擇適合的教材、網路資源，用已知去學未知，要不然，至少也有透過聽聽該語言的 Podcodcast、YouTube、看文章、找語言交換來自我練習的能力。

▶3. 多次學外語經驗

比如說你可能已經學過法語、義大利語，現在要自學西班牙語就蠻簡單的，因爲這些語言都屬於拉丁語系家族，邏輯類似，很多地方可以無師自通。或者你已經學過兩三種超小眾的語言，很知道學語言的過程是怎麼一回事，卡關的時候都很會找方法自己解決。

我曾經花了三個月摸索自學阿拉伯語，反覆聽了三個月的課本音檔，三個月之後到某平台約了一堂阿拉伯語老師的試上課，卻仍然講不出「很高興認識你」這句我已經聽了、也跟讀了幾百遍的句子。

跟著機器學、自學，和面對著眞人交流眞實對話，絕對是兩碼子事，況且，學語言的目的就是跟人交流，那麼何不從學習的第一步開始，就讓自己練習跟人交流這件事呢？

適合線上大型教學平台的人

有學生問：「線上外語教學平台越來越多，有的一對一的費用好便宜，一小時 200~600、700 的都有，感覺非常彈性，隨時可以約課，在哪裡都可以上課，我該考慮這樣的平台來學習嗎？」

先講結論：以下幾種學習者，我認爲是適合大型線上外語教學平台的：

▶1. 你已經具備中級、基礎對話程度

具備中級程度，老師就算不太備課，只要學生主動一點，自己多講想講的話題，老師幫忙糾正、問幾個問題延續話題，這堂課至少也還是能練到一些東西。

如果老師不會中文，而你具備中級程度，有一些學習需求，也比較好跟老師溝通，要不然光是雞同鴨講，可能就把大半的上課時間浪費掉了。

▸2. 你是很有經驗的語言學習者

你可能已經學過 2~3 種第二外語，有一些語言學習的經驗，你很清楚學語言會經歷哪些歷程，對於自己現在正在哪個階段也很有意識，你只是需要一個真人對話機來練習口語，那麼花比較低價的費用來上這樣的大型平台的課，或許就夠了。

▸3. 你本身就是很自律的人

因為這些大平台都主打超級彈性，時間彈性（隨時約課，3 小時前取消不扣錢），老師彈性（今天約 A 老師、明天約 B 老師都沒關係），進度彈性（反正每次都是不一樣的老師，當然不需要有什麼既定的進度）。

越多的彈性，就等於越考驗自己的惰性。

我自己買過某平台 50 小時的方案，從來沒有在截止日期之前上完過，後來多付費延期兩次才上完。

期間我每個月都自我約定：「這個月我一定要規律地一週上一堂課」，然而如此寬鬆的彈性機制，要讓一個忙碌的職場工作者自律地規律約課，實在太考驗意志力。

「這禮拜好忙，我下禮拜再約兩堂補回來。」

「今天好累，反正取消不扣錢，就取消吧！」

然後說好的一週一堂課，就變成兩週一堂、一個月一堂。這個過

程其實是很消耗能量的，不知不覺就會產生「啊～學好一種語言真是困難」的想法。時間過去沒進步就算了，讓自己產生罪惡感、挫折感，覺得老是學不好的無力感，才是更大的損失。所以我會建議「極度自律的人」，才選擇這樣的超彈性線上教學平台。

不適合線上大型教學平台的人

反過來說，以下幾種學習者，則不建議大型線上教學平台：

▶1. 零起點、無基礎的學習者

因為這樣的平台上的老師，有能力統整一個自己設計的教學系統的，相對少見（我知道也是有老師是很專業有系統的，但我個人沒遇過），從零基礎開始跟的話，你自己只能完全聽命於老師，而老師自己很可能也在摸索中，不太知道他這樣教到底是在教什麼。

我遇過太多老師，可以花 60 分鐘教 10 個俄文字母、或 20 個 50 音符號＋ 3 個發音規則，而其中 40 分鐘，他都在用英文或中文跟我解釋不重要的細節、知識，我下了課反而覺得我是在跟一個英文也不怎麼樣的外國人練英文。

▶2. 第一次學第二外語的學習者

我透過 20 年的教學經驗＋學過 2~3 種第二外語的經驗，看個 10 分鐘就看得出來老師在教什麼、要把我帶去哪裡、這樣的練習會不會有效，但是一般剛開始接觸第二外語的學習者，是完全看不出來的。

我常常看到上了 50、100 小時的課程，學生仍然一段話都說不

出來的悲劇，甚至到最後還覺得是自己沒有天分，其實是整個底子都被打爛了，很可惜。

▸**3. 自認自律能力普通的學習者：**

　　與其每個禮拜在那邊耗費能量天人交戰「這禮拜要約一堂課嗎？」「剛好這幾天晚上都有飯局，不如就下禮拜再說吧！」倒不如就直接找一間固定的學校、固定的老師，有承諾地每週上課，即使是線上課，也會讓你不好意思亂請假，這樣就會認命地規律地學習，也不需要再跟自己的惰性掙扎。

　　接下來跟各位分享一下我在這些平台選老師的經驗。我為了了解現在大型線上課平台的市場狀況，也很好奇自己有沒有辦法透過這樣的學習模式真的把一種語言學起來，我自己去把市面上大家聽過的那幾個平台都試過了一遍，試上了包括英語、阿拉伯語、日語、俄語課、法語課這些語言課程。

　　每一次要選「要跟哪個老師約課」我都覺得相當費神，每位老師都把自己的履歷寫得吸睛又精采，並且錄製精緻的自我介紹影片，讓人每次看了都好心動，但是這一兩年體驗下來，真的沒幾個老師會讓我有動力約第二堂課。

　　以我 2020 年體驗的俄文來說，選了四位老師，都只上了一堂課，除了會念幾個字母，什麼語言能力也沒累積到。2021 年體驗的阿拉伯文，則是上了二位老師，練習的量都還不如我自己聽錄音檔或看 YouTube 影片。而這些老師，都還是我花了好多時間比較大量老師的網頁介紹、自介影片、網友評價，才選出來的，時間成本難以計算。

　　我身邊也有朋友，在不同的教學平台，爲了找到一位可以長期上下去的日文老師，起碼付費試了十幾個不同的老師，才勉強找到一位可以接受的。

　　爲了表面上看起來似乎比較便宜的學費，付出這麼大量的時間成本和勞心勞力，是否眞的值得？

　　經過這些親自體驗，我認爲與其花大把時間從數十位、數百位老師當中去大海撈針尋覓適合的老師，或許直接選擇一個「已經建立起自己的教學系統」的機構，更適合多數學習者。

　　因爲，用心的語言教學機構，並不是開個平台讓一堆是老師的、不是老師的都上來招生，而是事先把關，把根本不適合當老師的淘汰在外，留下來的還要經過整套訓練，到一個水準之上才可以上戰場接課、教學。

　　因此這些機構的平均費用會高出一截，因爲他們投入大量人力、時間去對老師做教學本質上的挑選和訓練，並且憑藉長期累積的教學經驗，來開發適合台灣人思維的教材。

　　說穿了，是因爲大多數語言教學機構會把焦點放在學習效果，而不是提供學生多少彈性或方便。方便和效率之間，常常就是互斥的。

　　線上平台和教學機構各有優勢，就看你現在的需求是方便彈性的大量練習，還是精準設計的聚焦學習。或者，以一個針對某語言的專業教學機構課程爲主軸，搭配大型線上平台的平價課程當作純粹增加對話練習的管道，也是可行的方案。

皓雲老師 語.感.教.室

1. 自學外語的條件：有自律力、具備中級程度、多次學外語經驗。
2. 適合線上大型平台課程的人：具備基礎對話程度、有經驗的語言學習者、高度自律的人。
3. 適合語言教學機構的人：無基礎的學習者、第一次學第二外語、自律能力普通的人。

無痛學習心得

Chapter 3

聽說讀寫，學習技巧

01
化被動為主動的聽力練習法

聽力練習分為兩種，被動地聽和主動地聽，我認為兩種應該交錯安排，台灣學習者比較普遍都是大量被動聽，主動聽的練習量過少。

所謂被動地聽，就是單純把自己泡在外語環境中，一邊開車一邊聽外語 Podcast、或一邊做家事一邊聽課本的音檔、或一邊吃飯一邊看 Netflix 的外國影集，聽得懂多少都沒關係，聽不懂也不會去查字典，就只是讓自己耳邊一直有這個外語的聲音輸入，也是《6 個月學會任何一種外語[1]》作者龍飛虎所說的「泡腦子」。

被動聽的效果，在於習慣語速、習慣陌生的聲音，進而「不知不覺」記進去一些資訊。

我經營的補習班，每天有五位不同國籍西班牙文老師、數十位來學西班牙文的學生進進出出，走進這個空間，很多人會有好像進入半個拉丁美洲的錯覺。

我們櫃台的行政助理，大多完全不會西班牙文，但因為整個工作環境充滿著西班牙文，就算沒有主動花力氣學習，一個月之後，多少也都可以聽懂幾句出現頻率高的詞語像是「你好」、「對啊」、「謝

---

1. 機械工業出版社，2014 年出版。

謝」、「再見」，並且把發音模仿得很到位。

也發現幾位教其他語言的台灣同事，聽到西語教師團之間正常語速的對話，搭配語氣、表情、肢體語言的觀察，竟然漸漸也可以猜得出來他們聊的主題，甚至整句翻譯出來。

這在語言學習的理論上叫做「習得」（本書第77頁有詳細說明），一種無意識的學習，類似像小 baby 學母語一樣，一直聽大人講，一開始也是什麼都不懂，累積量大到一個程度，自然而然將語言能力內化。

這時候就有很多人要問了，如果輕輕鬆鬆地被動聽就可以「習得」，那我們幹嘛還要這麼辛苦地「主動」練習閱讀、寫作、口說？

我們很容易將學習過程做太過美好的簡化，小 baby 習得母語，其實也是經歷了非常長的時間。從出生的那一天，不管懂不懂、想不想、喜不喜歡，只要大人在他們身邊說話，他們就已經在進行「泡腦子」的練習，必須全盤接受。

如果以一天 8 小時清醒的時間來計算，到滿一歲的時候，就已經累積了 2,920 小時的泡腦子時數，而這時候他們才會開始學習講話，「主動輸出」一年下來累積的輸入刺激。

而這個輸出也不會是一開始就流利完整的，他們會從簡短的單字跟世界互動，不會在乎犯錯，沒有「講錯就很丟臉」的社會包袱。

任何一位心智正常的成年人，如果也讓自己連續一年密集地泡成外語腦，第二年開始慢慢輸出，並且有足夠地耐心等待自己只會用單字溝通、講錯也願意繼續亂講、完全不考慮面子問題，其實每個人都可以說得一口流利外語。

然而事實上我們都知道這樣的做法過於理想化，一般有工作有家

庭的成年人，都沒有辦法一年累積 2,920 小時的泡腦子時數，更沒有辦法說服自己像小 baby 一樣，毫不在意旁人眼光地亂講話。

因此成人不太可能只靠被動地聽，就能從零基礎進展到流利口語，還需要搭配主動地聽。那些「每天看美劇，自然就會說一口流利英文」的文章，大多過度簡化學習歷程，他們並沒有告訴你他原本的程度在哪裡、在那之前做過哪些努力，甚至他們一邊看美劇還一邊跟著說、並且每個週末都找外國人練習、搭配上課或閱讀等等。

主動地聽是什麼呢？包括以下幾個元素：

1. 反覆跟讀（shadowing）

聽的時候你是在訓練耳朵，並沒有訓練到嘴巴。那聽多了口語到底會不會進步？會，但是幅度很有限。被動聽的專注力通常很難持久，就算是聽中文的線上課程或 Podcast，你常常也是聽完之後不記得內容提到了什麼，要你用中文把重點摘錄出來，也可能支離破碎。所以除了耳朵以外，請多加入一個感官：「嘴巴」的主動參與。

例如你仍然可以用原本的方式，輕鬆被動聽完一集你喜歡的外語 Podcast 節目，但請你聽第二次的時候，選擇幾個特別有感的句子，按暫停鍵，試著用嘴巴把那句話覆述出來。如果發現講不完整，就倒回去重來一次，一直到整句能夠講完整，甚至連語氣、語速都能模仿得很像為止。

這樣的練習，相較於被動地聽，當然比較花時間又花腦力，所以內容不用長，一天只挑三個句子這樣練就可以。每天累積一點點主動地聽搭配少數的跟讀練習，在使用這個外語和他人互動時，就更有機

會說出比原本程度更高一個等級的句子。

2. 摘錄筆記

聽的時候可以做什麼筆記？我建議各位準備一本質感好、拿在手上會有幸福感的筆記本，或是習慣的數位筆記軟體，隨性輕鬆地寫。聽到什麼有感覺的單字、短句，就抄寫下來。如果是單字，最好也能有完整的例句，一邊寫一邊學習到這個單字在什麼情境下使用。

把這個書寫當作放鬆療癒的過程，不需要正經八百地搞得像考大學做筆記那樣。這個目的是透過書寫的參與加深印象，並且往後可以隨時查找。

手寫和打字的數位筆記我都試過，打字雖然快速好整理，但是我總覺得手寫對長期記憶更有幫助。因為學習的語言很多、筆記本累積的速度很驚人，我現在找到最能兩全其美的方法，是 iPad 搭配 Apple pencil 做手寫的數位筆記，保有手寫記憶的效果，也解決筆記收納的問題，幾千本筆記本都能隨時帶著走。

我有一個原則，是「覺得自己會用到的」才記下來，那種跟自己人生毫不相干的內容，你過一年也講不到，就不要花力氣寫。就像你買鞋子只該買自己一定會想穿的，再美的高跟鞋你再喜歡，如果你的生活根本沒有場合可以穿，買再多雙也不會讓你變美。

例如我聽過一個日文教材，談的是興趣，對話當中出現「釣魚」這個詞，它也有被列入該課的生詞表當中，我直接略過。因為我這輩子沒釣過魚，也不想看到一條魚在我面前活生生地被釣起來失去生命，我認為自己除非認識超愛釣魚的朋友，要不然根本不會需要

用到這個生詞，所以何必抄寫它？**有限的腦容量要留給真正對自己有用的資訊。**

我多年來教外國人中文，使用過各種專門針對外國人設計的中文教材，每次教到「興趣」那一課，北歐的學生總會特別沒有共鳴，因為我們教材裡面會出現的興趣，大多是看棒球、打籃球、唱卡拉OK、爬山等等。而北歐學生想要分享的興趣，常常是滑雪、溜冰、打冰上曲棍球之類的。這時候我會把他們真實興趣的單字教給他們，課本上的直接略過無所謂。

我們在聽各種素材的時候，一定會聽到各式各樣五花八門的主題，挑選對自己有用的來記就好，其他的就當作練聽力、擴展認知邊界，不需要照單全收。

3. 回想重點並輸出

這是主動地聽和被動地聽的最大差別。被動地聽，你聽完就結束了；主動地聽，你聽完才是開始。

聽完一段課文、Podcast、演講音檔什麼都好，建議你透過說或寫，用三句話將整個內容的大意，自己主動輸出。

例如你聽了一段介紹用西班牙文介紹西班牙美食的音檔，你的西班牙文聽後三句話輸出可能就是：

西班牙的小菜統稱叫做 tapas，類似台灣的下酒菜。

主持人介紹了三樣他最喜歡的 tapas：

分別是西班牙蛋餅、大蒜鮮蝦和伊比利火腿小漢堡。

　　試著把這三句話自己錄音起來，或是用寫的也可以。聽說讀寫四個技能，輸出的方式就是說和寫，你哪個技能更需要進步，就多練哪一個。

　　有時候你會發現，怎麼才三句話也講不完整，那麼恭喜你，這就是你找到學習盲點的時候了。你不能一直讓自己泡在那個被動聽、似乎吸收很多的安全假象，逼自己主動輸出才會跳出來，誠實面對自己的聽力實力，並且為了讓自己講得出那三句話，未來你在聽的時候就會更專心，更知道該把專注力放在哪裡。

　　平時只要環境允許，盡量用被動地聽，把自己泡在外語環境裡面，另外每天抽出十分鐘左右的時間，做主動的聽力練習，搭配上述三個練習元素，主動被動相輔相成，進步會比起只有被動地聽，有明顯的不同。

皓雲老師 語 . 感 . 教 . 室

1. 被動的聽：習慣語速、習慣陌生的聲音，「不知不覺」記憶，建立語感。

2. 主動的聽：反覆跟讀、摘錄筆記、回想重點並輸出，培養口說能力。

無痛學習心得

02
告別盲目抄寫，加速練習口說

　　撤除每個人有不同的學習目標不談，我一直都是建議「先聽說、再讀寫」。

　　人類存在以來，語言的本質就是為了溝通。最原始的溝通形式，當然是透過聽和說，先從製造聲響、搭配肢體動作，慢慢發展成各個國家不同的語言。因此我們會說「口耳相傳」，但沒有人說「眼手相傳」。

　　後來，為了把想要傳達的訊息記錄下來，人類逐漸發展了文字。

　　又為了讓更多人擁有這種以文字記錄的能力，我們在學校教孩子識字、寫字。「聽」跟「說」是人類的本能，不用特別受教育也會擁有，「讀」跟「寫」則需要透過刻意學習。既然如此，為什麼我們在學外語的時候，硬要跟人類本能背道而馳呢？

　　學校把學生關在教室，逼他們吸收課本上的文字資訊，再透過紙筆測驗檢驗學習成果、給予成績，去斷定他們有沒有這樣的語言能力，然後頒發證書。這樣的檢測系統，說到底，只是為了有一個簡易的評判標準。

　　為什麼這麼多語言檢定考試都考大量的聽力和閱讀？英文多益、日文檢定、國高中的段考月考，都是如此。因為聽力和閱讀方便透過選擇題來出題，電腦就可以自動化閱卷，快速大量給分。

但是口說、寫作都很難做到讓電腦自動化閱卷，特別是口說，即使是讓考生錄音回答，也還是需要人工去一個一個聽，成本高昂，所以在許多考試系統下就直接被捨棄。

考試制度的限制，也無形中限制了語言教育發展的可能性，為了讓學生在考試上有理想的表現，大量的語言課堂不知不覺地演變成考試導向的教學形式。

一整堂 60 分鐘的英文課，全班沒人開口說任何一句英文，明明是很沒道理的現象，在學校裡面竟然變得如此合理。

寫了這麼多，我想提醒的是，其實**「聽、說」才是語言溝通的本質**，也是我認為學習新語言時應該優先練習的能力。

那麼「先聽說、後讀寫」要怎麼練呢？我以自己教學時第一堂課的教學步驟來說明：

西班牙語第一堂課，學生都是連字母發音都不會的初學者，我們這時候不會先讓學生學字母，而是把學生帶出教室，一邊用身體打節拍、嘴巴一邊覆述老師說出來的聲音，做一個八拍（8 個單字）的節奏韻律，學生只要跟著做跟著喊，不用知道是什麼意思。

聽起來很像看棒球喊口號一樣，現在職棒球隊不是都會為每個球員編不同的應援曲嗎？我的外國老公就算聽不懂那些中文，只要認真跟著喊，看完一場比賽也都背起來了。

因為學生要跟著老師的動作打節拍，專注力不會一直放在發音是否正確、自己有沒有講錯，而是全班都在一個動感歡樂的氣氛下，不知不覺把 8 個單字的聲音記起來，成為身體自然反應。

其實那個八拍節奏韻律，就是西班牙文的數字 1~8，只是學生

都不知道自己講的就是西班牙文數字 1~8。3~5 分鐘之後，大家那八拍差不多練熟了，也跳累了，我們就進教室，拿出撲克牌 1~8，再帶著學生把 1~8 說一遍，這時候學生都會露出恍然大悟的表情，「喔～～～原來我們剛剛說的就是 1~8 喔～」。

到這邊為止，上課 5~8 分鐘，學生從零開始第一次接觸陌生的西班牙文，已經很有成就感地記起 8 個單字，老師再教一下 0、9 這兩個數字，學生就可以用西班牙文講出自己的手機號碼。

整個過程，完全不需要中文翻譯，沒有任何無聊的發音規則解釋、文法說明，甚至連這十個數字怎麼拼寫學生都不需要看到，也不需要會。

畢竟在真實人生中，誰會需要一直去拼寫某個語言的數字呢？你有哪些時候需要拼英文的 one 是 o, n, e 這三個字母？ seven 是 s, e, v, e, n 這五個字母？就算手機打字，也都有智慧輸入法，你只要打前面一兩個字母就可以自動導入了，初學者有限的學習注意力根本不需要耗費在這樣的地方。

那麼什麼時候要來看文字呢？等到差不多都會說，聽到也知道意思能反應的時候，我們會引導學生打開課本，看一下剛剛說的那些聲音，化成文字後長成什麼樣子。這個目的只是幫助學生視覺記憶，以及方便之後查找複習而已。

同樣的教學方法，除了初級班學數字之外，稍微有點程度之後的系列單字、短句子，也都可以應用。

口說的練習流程

如果你是自己練習，一樣可以套用這個流程到任何語言上。

確切的練習流程是這樣的：

▶1. 看翻譯

先了解一下自己接下來要聽的內容是什麼，中文翻譯很快掃過一遍，外文版要看也可以，但不要又忍不住去分析文法、比較單字，只要很快地掃過一遍。

▶2. 聽音檔

第一次聽一定是模模糊糊，沒關係，繼續反覆聽，聽到三次以上之後，你應該可以開始跟讀出一些片段，有些字的聲音你會覺得聽得特別清楚，那你就同步跟著把它講出來。 每多聽一次，一定都能夠跟讀到更多片段，這個過程，你就很紮實地在練聽&說。 只要你不嫌煩，我建議你一直這樣反覆地聽下去，如果以一般初級教材的課文來說，短短一篇可能才30秒左右，10分鐘就可以反覆聽20遍，聽到第20遍真的要講不出來也很難。

如果是中級一點比較長的文章，建議可以分段進行，一天只反覆聽 1~2 段，分三天聽完。

不要覺得這樣練很少不值得，三天能弄熟一篇比較長的文章，也已經是很棒的累積，況且就算照原本傳統的邊讀邊查單字的讀書方法，很有可能一個星期也是弄不熟。

▸3. 打開書邊看文字邊聽

如果前面的反覆聽＋跟讀真的有照做，因為是已經對內容很熟悉的狀態了，這時候你打開書看文字，只是要把聲音跟文字對照一下，借助我們已經擁有的「聽＋說」的能力，把這些文字認讀出來，閱讀負擔會少很多，單字不太需要刻意背誦，已經是自然植入腦中。

邊看邊聽的練習，可以做個 3~5 次，同樣要跟著念，並且把認讀起來覺得有點陌生的單字標註出來。

▸4. 做筆記

終於來到寫的部分。前一個步驟我們已經把陌生的單字標註出來，這邊我們可以花 10 分鐘把這些單字抄寫在筆記本上，並且用這些單字來造句、寫小段短文或創造一個小對話，練習應用這些新的單字，讓它們從陌生的，變成自己內化可以用的資料庫。

▸5. 自己講出來

聽了那麼多遍，也做了讀寫練習，這時候就要來自我檢驗到底有沒有學進去。建議你蓋上課本或文章，用自己的話，把整篇故事講出來，對話形式的文本，可以自己跟自己說話來練習。

一開始沒有文字要講話，即使面前根本沒有外國人也會覺得害怕、空虛，這是很正常的。反正你把自己關在房間裡，沒有人看到你講得怎麼樣，也不用怕丟臉。

忍住不要打開書，強迫自己回想、開口，有忘記的部分是很正常的，不要一忘記就想看書，你可以用其他更簡單的字，把你想表達的意思講出來，不需要一字不漏地背書。

　　初級短篇文章或對話這樣操作，一篇 30~40 分鐘可以搞定，而且因為你透過聽說讀寫四種途徑來練習，記憶會比只是盯著書一直看、一直抄寫來得深刻長久。反覆說到很熟，再打開書看對應的文字。

　　抓住先聽說、再讀寫的大原則，你會發現，你的發音反而更接近母語者，因為你在聽音檔跟讀的時候，不會受到文字的干擾，不會自己去亂猜「這個字看起來好像應該這樣讀」。

　　現在開始，拿出你的任何一種外語課本，請不要再陷入課本打開就一直抄抄寫寫的舊模式了。我們被抄寫讀書法綁架太久了，如果有效的話，那我們的英文現在至少應該會有一個自己滿意的程度才對。

　　對於現狀不滿意，表示過去的行為、方法需要調整，一樣的行為只會帶來一樣的結果，跳脫舊框架來學習，難的不是學習本身，而是改變習慣。

　　任何人都有能力學好外語，你只差找到適合自己的好方法。

　　反正也摸索這麼久了，不差給新的方法多一次機會吧！？

皓雲老師 語．感．教．室

1. 「聽、說」是語言溝通的本質，是學習新語言時該優先練習的能力。
2. 「先聽說、後讀寫」練習流程：看翻譯→聽音檔→打開書邊看邊聽→做筆記→講出來。

無痛學習心得

03
7 個步驟有效練習閱讀及寫作

拿到一篇外文的文章，你要怎麼消化它？

首先提醒你，要在「選擇適合自己程度文章」的前提之下，練習下面的步驟。

什麼是「適合自己程度的文章」？你隨便選一小段看過去，不查字典，也要能猜得出來這段故事「大概」的意思，頂多 10%~20% 的單字是不認識的，但不影響你理解整篇的大意。

我常常遇到有中級程度的學生硬要看外文的專業深度新聞、長篇小說，那樣的內容連消化母語都不見得輕鬆，卻苛求自己去看外文，然後再以此自我批判進步程度太少，這樣沒有任何意義，請你一定要花點時間選擇「適合自己程度的文章」。

以我自己閱讀外文文章的經驗，初級階段可以閱讀專門寫給非母語者的初級教材，那些教材都是已經針對初學者程度去編寫的，不會讓你太挫折。

至於很多人會建議初學者可以讀世界性共通的童話故事，像是《三隻小豬》、《小紅帽》等等，因為都已經知道故事發展，所以讀起來的確會很好進入。不過這樣的策略其實也有一些問題，比如童話故事裡面常出現的單字，在成人世界常常並不實用：你什麼時候跟人聊天會需要講到「小紅帽」、「去森林」、「大野狼」、「小豬蓋磚

頭房子」這些單字？我自己學法文時也嘗試過拿法文版的童話故事來讀，發現會沒有耐心讀完，因為內容本身已經對我沒有吸引力，而且那些我生活中用不到的單字也沒有記憶的必要。

　　成人可能還是需要讀一些專為成人而寫的，有一點點知識性、啟發性、或趣味性的主題短文，會比較能夠引起動機。

　　中級階段發現自己好像開始能大量溝通了，會開始想要上網找一些給母語者看的內容，也是最多人會開始胡亂嘗試超出能力範圍內容的階段，還沒會跑就想要飛，會讓你撞得滿頭包。提醒你，這個階段的程度最需要花多點時間挑選適合的閱讀內容。

　　心靈勵志類、軟性主題的部落格（旅遊、生活、美食）就很適合成人學習者，這些主題生活化，用字又不會太艱澀，能帶你繼續進步，又不會挫折。如果你不排斥看些風花雪月，愛情小品也很適合，講情情愛愛的主題常常會繞著一個點打轉，重複出現的單字片語，最適合正在學習的人反覆刺激。

　　高級階段你會希望往母語者階級挑戰，選材就不需要限制了，甚至要開始刻意避免去讀那些專門寫給非母語者的教材，因為你需要的是能夠跟母語者非常順暢地深度溝通。

　　直接閱讀母語者在讀的內容，是高級程度的學生可以挑戰的，以我來說，西班牙語是高級程度，就會去讀西班牙語世界的商管類暢銷書，即使是我已經用中文讀過的也無所謂，因為我需要這些詞彙和專業表達方式，去跟西語母語者談論這些話題。

閱讀順序建議：

<u>**看大小標題→快速略讀→想像、推測、連結→精讀→回想→挑選
必要單字查字典→用自己的話說出或寫出大意**</u>

下面我們一一說明：

▷1. 看大小標題

就像拿到一本書你會先看目錄，拿到文章建議你先看大小標題，
大標題幫助你判斷這篇文章的主題你有沒有興趣，小標題讓你知道每
一段的主軸，這篇文章包括哪些觀點。如果標題就有生字，可以查一
下，但就是查一下，知道意思就好，不要再去延伸其他的。

切忌拿到文章就從第一個字開始猛讀，這是最多人習慣的自動模
式、卻是最沒有效率的讀法。

▷2. 快速略讀

想像年底的時候，你把公司抽屜累積了一整年的文件拿出來斷捨
離，你會怎麼整理？是不是一張一張快速掃過，要的留下、沒用的就
丟掉？第一次讀新文章就是要這樣，從頭到尾快速掃過，大概知道
是什麼就好。

▷3. 想像、推測、連結

略讀過後你應該可以想像一下這篇文章想要表達的觀點，沒有那
麼確定的地方你也可以用自身生活經驗去推測，並且跟真實世界做個
連結。 比如一篇討論旅行模式的文章，它裡面會講背包客式和觀光

客式的旅行方式，用很多單字去分別描述，你如果只是把它當一篇學語言的文章在讀，就沒有共鳴。你可以放鬆一點，把自己融入其中，看看自己比較符合文章介紹的背包客還是觀光客？文章當中描述的哪些特點更符合你？你全部都同意嗎？

▶4. 精讀

　　這個階段你可以慢慢一個字一個字讀進去，看不懂的字做個記號，但是不要停下來查找，請還是堅持一口氣讀完它。 如果步驟3你真的有做，精讀的時候你就會比較容易找到共鳴，「啊～原來我常常在做的背包客式旅行可以這樣描述啊！」「啊～原來這是觀光客的思維啊！」

▶5. 回想

　　把文章蓋起來，回想一下整篇文章包括哪幾段、分別討論了什麼？有什麼觀點？某些部分忘了？打開看一下，然後蓋起來重新回想。

▶6. 挑選必要單字查字典

　　因為已經回想過，再看一下之前步驟4標注出來的不認識的單字，你會比較快可以判斷，哪些字很關鍵，你會想要查一下確認整段的意思，或是哪些字反覆出現過多次，一定需要查清楚。 請挑選自己能負擔的量來查就好，如果查出來之後只是看兩眼沒有用它，沒多久就會忘了，也是白花時間。所以查的量一點都不重要，重要的是它能夠幫助你理解現在正在讀的這篇文章。

▶7. 用自己的話說出或寫出大意

最後一定要有一個主動輸出的過程。再次把文章蓋起來，找一個人對著他把你看到的內容，用自己的話說出來。想像對方完全不知道這個主題，而你很想要把剛看到的新知分享給他。

你完全不需要在意說的是否跟文章一樣，事實上幾乎不可能。你讀文章的目的不是把它背出來給別人聽，是希望透過閱讀得到新觀點，讓自己在使用外語的時候表達更豐富，所以就放開心胸去表達！

另外，為了表達深度可以持續進步，建議你可以「刻意」地把步驟6所查到的字，放進輸出的內容之中。比如說你查的某個單字是「創新」，你就每兩三句話都把「創新」這個詞塞進去，讓這個字真正內化成為腦子裡面的一部分。

以我教學的觀察，我們常常會一週前請學生先預習某篇文章，隔週來討論。上課的時候看到每個人都把整頁寫滿單字翻譯、畫重點句子，感覺超用功，我心想：「太棒了，應該可以有一番熱烈的討論！」結果我問大家：「你們都花那麼多時間讀了，用兩句話告訴我這篇文章的主題吧！」還是常常只能吐出幾個很簡單、遠遠低於他們程度的字，完全講不出文章的主軸。

這就是因為台灣學習者太過習慣於被動閱讀，老師給什麼就塞進腦子，反正考試會作答就好，考試又沒有要考主動輸出。

但是真實人生中的溝通交流都是需要主動輸出的，你不能只聽別人講自己卻永遠不開口，你不能只收客戶的 email 卻不回覆。那主動輸出的能力怎麼提升？就是要靠上述這些步驟。

強烈建議各位用閱讀 7 步驟來調整自己的閱讀方式，特別是第 7 點「用自己的話說出或寫出大意」，最為關鍵。

皓雲老師 語.感.教.室

閱讀文章順序：

看大小標題（大標題能判斷主題，小標題能知道主軸）→快速略讀（要的留下、沒用的就丟掉）→想像、推測（跟真實世界做個連結）→精讀（一口氣讀完）→回想（文章蓋起，回想段落）→挑選必要單字查字典（挑選能負擔的量來查）→用自己的話說出或寫出大意（主動輸出）。

無痛學習心得

04
單字不是「背」會，是「練」會的

常常有學生問「怎麼背單字」，這篇我會提供融合教學經驗體會出來的「10個加強單字記憶效果法」。

「背」這個字眼我一直覺得不是很適合，我認為單字不是「背」會的，而是「練」會的。每當有人問：「怎麼背單字？」我的回答都是：「先放下『背』的執念，我們來談怎麼『練』會單字。」

為什麼想增加單字量？最終目的不外乎都是工作可以應用、寫email更順暢、看到外國人能多講點話……。多會一點單字，就有機會達到以上的目標，表面上好像說得通，事實上這中間的關聯不是那麼直接。

被動理解單字 & 主動輸出單字

我們把「學會新的單字」這件事分成兩個層次，第一層是被動的理解，第二層是主動的輸出。

什麼是被動的理解？比如說看駕訓班教練開車，教練什麼時候打方向燈、路邊停車方向盤要怎麼轉、倒車入庫要怎麼看後視鏡等等，每一個動作是怎麼做的、為什麼要這樣做，你都看得懂，這就是被動的理解。

　　那麼主動的輸出呢？就是自己坐上駕駛座，把教練示範的都實際操作一遍，第一次一定都是卡卡的，明明要打方向燈怎麼弄成雨刷，要路邊停車突然就忘了方向盤怎麼轉，這時候就會發現知道跟做到是天差地遠的距離，怎麼辦呢？沒有什麼訣竅，就是「主動輸出」，練習練習再練習。

　　回到學外語背單字這件事，什麼是被動的理解？100 個英文單字的清單在書上，你眼睛很快地掃一遍，覺得每個字好像都認識了，甚至把中文翻譯遮起來，好像也都記得意思；再把英文那排遮起來只看中文，可能吃力一點點，但也還能說出八成的英文對應字，這是被動的理解。

　　主動的輸出呢？就是跳脫教材，要把這些新的單字放到自己寫的 email 裡面、要跟外國人講話時用出幾個字，咦～怎麼好像都用不出來？要不然就是怎麼用怎麼不順？搞了半天還是只會用國中學的那些基礎單字。

　　發現關鍵在哪裡了嗎？如果我們的學習一直都停在「被動理解」這個層次的流程不斷反覆，比如說買一堆單字書來看，從 A 背到 Z；或是看文章時不去抓整篇的脈絡，而是糾結在一堆看不懂的單字上猛查，那麼我們就算背了一百本單字書、看一百篇文章，看到外國人還是講不出來，寫 email 還是詞窮。

　　所以該怎麼做呢？一個原則：**把有限的練習時間，放在「主動的輸出」上。**

10 個加強單字記憶效果法

如果你有 30 分鐘可以用來專心學語言，與其花 30 分鐘背單字書上的 30 個單字，不如花 5 分鐘抽出 10 個「真的用得到」的新單字就好，剩下的 25 分鐘從下面 10 件事中選一項來做：

▶1. 自製單字卡

拿出 10 張小卡片，一張卡片寫一個單字，正面寫你正在學的那個語言，背面寫中文翻譯或是代表圖片。例如：正面寫西班牙文 perro/perra（狗），背面就畫一隻狗。卡片帶在身上，有零碎時間就拿出來翻，上廁所可以翻、等車可以翻、上班需要放空一下的空擋也可以翻。

我自己很喜歡用文具店賣的空白名片卡，一盒一盒裝，好整理，又攜帶方便。翻的時候不要只用眼睛看，要大聲念出來，也可以自己做動作來幫助記憶，然後造句自問自答（說的主動輸出）。

這是我自製的日文五十音卡以及西班牙語俗語卡。

假設造句不知道怎麼造，可以固定用幾個句型。例如只要遇到動詞，你都用"Do you want to _____?"這個句型去套，這個好處是你可以把一個孤零零的單字變成有意義的輸出，畢竟我們對話的時候都是短句，比較少是獨立的單字。

假設你的單字有 go shopping, go ice skating, go diving 這三個字，你就自問自答：

Do you want to go shopping?

Do you want to go ice skating?

Do you want to go diving?

（我用英文舉例是方便多數人理解，同樣的方式換成西班牙文、法文……什麼文都可以通。）

比較喜歡數位版的人，quizlet[2]、memrise[3]、anki[4] 這些應用程式，都是方便累積個人單字卡的好工具。不過我自己還是偏好紙本字卡，手寫記憶無可取代，畢竟打開手機誘惑太多了。（**寫的主動輸出**）

▶**2. 利用單字便利貼製造環境**

把這些單字寫在便利貼上，貼在家裡相關的各個角落。我剛學

---

2. https://quizlet.com/zh-tw

3. https://www.memrise.com

4. https://apps.ankiweb.net

西班牙文的時候，學到「家具」那一課，我就寫 el escritorio（書桌）貼在桌上，寫 la lámpara（檯燈）貼在我的檯燈上，視線掃過就大聲念一下（**說的主動輸出**），沒兩三天就記起來了。

▷3. 用在行事曆、手帳上

把這些單字應用在你的行事曆或手帳上，就是一種很生活化的主動輸出，鐵定會每天看到很多次，保證融入生活。（**寫的主動輸出**）

我剛學法文的時候，就在我的行事曆上用法文寫星期一到星期天，每天打開看一定記得起來。每天要做什麼事情，像是：去繳電話費、準備某某學生的講義……等等的行程，都盡量用法文寫，主動輸出越多次就越難忘記。

▷4. 編故事寫出來

把這 10 個單字組合起來，寫成一小段 50 字的故事、文章或日記（**寫的主動輸出**），拜託先不要管對錯，你學開車的時候方向盤亂轉，也是要硬轉下去才知道自己哪裡要調整的，先求有再求好。

▷5. 編故事錄下來

把這 10 個單字組合起來，說一小段 60 秒的故事，錄起來自己看（**說的主動輸出**），哪裡說得卡卡的或用法覺得奇怪，再花幾分鐘去問老師、問同學、查例句，這樣 20 分鐘夠你改二個版本了。

▷6. 編一個情境對話

想一個具體的情境。比如跟老闆報告出差行程，你會先講話，

老闆會回話，一來一回會形成一個自然的對話。你把對話整個想出來，並且要把那 10 個單字硬塞進去使用。（**說的主動輸出**）

關於情境設定，可以視那 10 個單字比較適合用在什麼情境，再設定主題，像是買菜、跟姊妹淘聊天、跟餐廳客訴等都可以。

▷7. 想像訪問名人／偶像

想像你今天有機會跟一位名人／偶像聊天，可以問他 10 個問題，每個問題都要放進一個你剛剛學的新單字，然後你上網把他的照片找出來，就可以模擬對他訪問。（**說的主動輸出**）

▷8. 重述內容

如果這些單字來自某篇文章，你可以把這些單字另外寫在一張紙上，然後只看這張紙，把這篇文章用自己的話重述出來，並且一定要用到這 10 個單字（**說的主動輸出**）。再次提醒先不要管文法對錯，我們的目的是盡量地主動輸出這些單字，幫助記憶。

▷9. 用單字傳 Line

傳 Line 給朋友，硬把這 10 個單字用進來（**寫的主動輸出**），你可以找一個跟你同樣在學這個語言的朋友，互相做這個練習，如果有在補習班上課的話，直接跟班上同學練就最適合了。

▷10. 玩單字猜謎

找一位同學或朋友，跟對方玩「天才猜猜猜」的遊戲：你要用盡

方法描述某個單字（**說的主動輸出**），讓對方猜你在描述的是 10 個字當中的哪一個，兩邊角色也可以互換，這樣雙方都能得到不同的刺激。

比如我要對方猜「搬家」這個單字，我可以描述的方式有：「我要從我現在住的地方換到另一個地方」、「現在的房子不住了，要去住別的房子」、「我現在住台北，下個要去住新竹，所以我下個月要_____？」對方聽到這些，應該能猜得出「搬家」這個詞。

你花了那麼多力氣去描述過的單字，一定會很難忘記。

總之，用全身越多感官去投入，越有機會把新的單字從被動理解的層次，提升到能夠主動輸出的層次。在越多不同的場景把單字輸出出來，也越能讓單字從短期記憶，進入到長期記憶。

坐在書桌前土法煉鋼地背單字是效率最低的方法，花個 5 分鐘做就好，剩下的時間請離開書桌，用這些單字去做些什麼，都比盯著書看來得有效！

提醒自己擺脫「背」單字，進入自然而然「練會」單字的狀態。

能說十四種語言的義大利籍語言教練 Luca Lampariello，在他的 YouTube 頻道上這支談單字學習的影片，也提到許多相近的學習方法：

皓雲老師 語．感．教．室

1. 把有限的練習時間，放在「主動的輸出」上。
2. 十個加強單字記憶法：自製單字卡、用單字便利貼製造環境、用在行事曆或手帳上、編故事寫出來、編一個情境對話、想像訪問名人／偶像、重述內容、用單字傳 Line、玩單字猜謎。

無痛學習心得

05
增加單字量的關鍵

首先我們先來定義一下「單字量」這三個字。

我們可以把學習一個「單字」分為五層能力階段：

看到英文的 language 這個字，你知道它的意思叫做「語言」，這是第一層能力：**理解**。這代表你會用這個單字嗎？不一定。

看到英文的 language 這個字，你能夠把它讀出來，這是第二層能力：**閱讀**。這代表你會用這個單字嗎？也不一定。

看到英文的 language 這個字，你能夠造個句子或把它放在對話裡，比如說 I speak 5 languages（我會說 5 種語言），這是第三層能力：**模擬應用**。

到了一個社交場合，外國人問你 How many languages do you speak? 你本來可能不太記得 language 這個英文字怎麼說，但是因為對方問你這個問題，提示你把這個字想起來了，可以馬上反應 I speak 2 languages.，這是第四層能力：**被動的真實應用**。多益、日檢的聽力和閱讀考試，考的就是這一層。

到了一個社交場合，你看到一位外國人跟 A 說中文、跟 B 說日文、轉過身來跟 C 說法文、迎面而來一個朋友跟他用西班牙文打招呼他也可以應對，你好奇地走上前去問他：How many languages do you speak? 這是難度最高的，因為你沒有文字可以看，也沒有一個人

先用 language 這個字問你一個問題讓你照答，你就能說得出來 How many languages do you speak?，這是第五層能力：**主動的真實應用**。

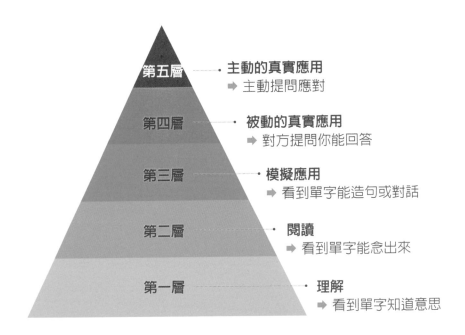

我認為講一個人的「單字量」有多少，應該要看他能夠在第四、第五層能力「主動的真實應用」的單字有多少。

所以這個篇章我們要談的，也就是「如何增加第四、五層能力的單字量」。

第一層到第三層，說穿了就是紙筆考試能力，大部分的台灣學習者都很會了。

第四到第五層，是人生當中最需要、但卻是最多學習者卡關的部

分。很多學習者的第一層到第三層都已經非常多了，但因爲到了四、五層什麼都說不出來，就誤以爲是一到三層不夠多，所以又退回去背書讀書參加考試，意圖增加一到三層的量，這完全是本末倒置。

要把第一到三層的量提升到第四、五層，很像是你要把冰箱裡面的食材拿出來搭配組合，創造一道可以端上桌的菜。

平常生活當中你要怎麼製造練習特定單字的機會呢？

▸1. 自言自語

例如我的法文學到一些日常生活的動詞，「穿衣服」的「穿」這個動詞變化特別難記，早上打開衣櫃要選衣服的時候，我可以用我正在學的法文跟自己說「我今天要穿什麼呢？」「穿這件去拜訪客戶適合嗎？」「還是穿這件紅色的好了」看起來有點蠢，反正重點是讓一樣的單字（穿）一直重複從嘴巴裡面冒出來就對了，主動輸出越多次，這個單字就越有機會進到第五層。

▸2. 視覺刺激

不管學什麼語言，我會讓自己的環境盡量出現這些文字，例如行事曆上面用日文標註日期、手機改成西班牙文介面、臉書改成法文介面，整理單字盡量手寫，促進肌肉記憶，同一個主題可以做成心智圖，如果發現那些字很難創造出使用情境，很可能是你的人生中實在用不到這些字，請大方捨棄。

我不會只坐在書桌前抄寫背單字，而是用盡方法讓文字不斷從視覺前面經過，每看到一次，就開口說一次，次數多到一個量的時候，這些單字就更有機會進入深層記憶。

▸3. 刻意應用

　　有機會用這個外語跟別人對話的時候，你要刻意把這個字放進對話中去反覆應用。例如你學到了「拍照」這個字的日文，可是你一直背不起來，那你應該逮到機會就問別人「要不要幫你拍照？」「你可以幫我拍照嗎？」「你把ＸＸＸ拍照傳給我好嗎？」

　　生活當中有時硬要這樣應用可能不得體，不過你如果有在上某種外語的會話課，你也要在課堂上主動為自己創造應用的機會，不要都等老師問你問題，你可以主動問老師「日本人愛拍照嗎？」「在日本我可以請路人幫我拍照嗎？」「老師我可以跟你拍照嗎？」

　　單字單獨存在時，大部分都沒有什麼價值，它必須被套入句子、對話、情境當中應用，才會富有生命，也才容易被記住。

　　所以**盡量創造可以使用你的單字庫的各種情境**，讓它們從冰箱裡面的冰冷食材，走出來發揮價值，變成有溫度的桌上佳餚。

　　最後補充一下，市面上許多那種 A 排到 Z 的單字書，只列一個單字＋一個例句，看起來買一本可以學幾百幾千個單字的那種書，就別買了吧！沒有情境的單字堆疊，只是冰箱裡過期的食品而已，堆再多也用不了的。

皓雲老師 語．感．教．室

1. 學習單字分五層能力：理解→閱讀→模擬應用→被動的真實應用→主動的真實應用。
2. 在日常製造練習單字的機會：自言自語、視覺刺激、刻意應用。

無痛學習心得

06
搭配情境才能有效學習文法

　　文法要怎麼學才會快？很簡單，就是不要太認真學。網路上有名的 70 多歲高齡、加拿大多語專家 Steve Kaufmann，有一支討論「為何不要認真學文法？」的影片，有興趣可以參考看看（請掃右方 QRcode）。

　　文法是很多語言學習者的惡夢，我每次去演講或是去教語言老師的師資訓練班，只要問台下「說到文法，大家會想到什麼？」得到的答案大多是「很多規則」、「要一直背」、「考試」、「很煩」。

　　我們先來聊聊文法的本質，文法的概念是怎麼出現的？

　　簡單來說，人類為了溝通，產出了語言，一開始透過聲音來傳遞訊息，後來為了記錄，演變為文字。

　　不同的語言大量被使用，後來為了不同語言之間的傳遞方便，於是用文法去歸類語言的現象，給予定義和解釋。

　　先有語言的存在，才有文法被創造出來。

　　文法被創造的根源，是為了讓理解外國語言更加快速便利有系統，然而考試制度、教育系統的產生，扭轉了語言是用來交流的本質，學文法這件事在世界上許多國家，逐漸被扭轉成評斷語言學習成效的工具，反倒成了許多人學習外國語言的障礙，包括思想上的障礙和學習上的障礙。

　　「老師我文法很差所以都講不出來」→不對，是本來就講不出來，文法變好也不會講出來。要不然為什麼國中英文早就都學過那些文法，看到外國人還是躲起來？

　　「老師我文法很差所以都講錯」→不對，是本來就會講錯，要不然明明知道英文的第三人稱單數動詞要 +s，過去式要 +ed，西班牙文的形容詞也要跟著陰陽性變化，考試的時候你選擇題也會選對，為什麼還是會講錯？

　　「老師我還沒學那些進階文法所以進步很慢」→不對，是太認真學文法所以進步很慢，我碰過一大堆西班牙語系畢業的學生，所有時態都不知道學過幾輪了，但是他講出來的句子還是都支離破碎。

　　要先有語言，才有文法，先大量地聽和讀，接受母語者的自然輸入，那些輸入本身就是最好的文法材料，累積了一些有意義的句子、對話，再從裡面去歸類、理解文法。

　　母語者都不太懂自己的文法，這邊就舉幾個中文的句子來作為文法說明的例子，請觀察以下句子：

　　1. 我平常都是八點起床，不過今天早上有重要的會議，所以七點「就」起床了。

　　2. 我有個朋友很屬害，年紀輕輕二十五歲「就」升到副理了。

　　3. 我有個年輕同事，跟男朋友交往三個月「就」決定結婚了，年輕人真衝動。

　　4. 大概是氣候暖化的關係，台灣以前都是六七月才會開始變熱的，現在四月「就」熱得要命了。

　　上面四個句子都有一個「就」，你覺得要怎麼跟外國人說明這個「就」的文法？母語者大概都沒想過，也想不出來。

　　其實上面這個「就」的用法，是指「比說話者預期的時間早」。

七點「就」起床了→因為平常都更晚起

二十五歲「就」升到副理→因為一般來說三四十歲才會升到副理

交往三個月「就」決定結婚→因為一般來說會交往更久的時間

四月「就」熱得要命→因為合理情況應該是要更晚才開始變熱

　　如果還是覺得抽象，試著把上面四句的「就」都拿掉，然後讀讀看，是不是怪怪的？所以那個「就」是不能沒有的。

　　跟外國人講「就」就是「比說話者預期的時間早」，文法解釋結束，他們「就」會用「就」了嗎？當然不會。

　　而且你隔一個月再給他看上面那些句子，他保證想不起來為什麼那些句子要有「就」。

　　要怎麼學才會記得呢？就是我前面提到的，不要太認真學文法。

　　我們回歸語言的本質，用有意義的句子來反覆多次做代換練習。

　　在課堂上，我會刻意營造下面的對話學生下面的問題來讓學生練「就」的文法：

老師：今天誰最早到教室？

學生 A：我！

老師：你是幾點到教室的？

學生 A：一點。

老師：我們不是兩點的課嗎？

（用手勢＋表情示意讓其他同學問學生 A）

全班：你為什麼一點到教室了？

老師：你為什麼一點「就」到教室了？

（說「就」的時候要特別大聲讓學生注意。）

（用手勢＋表情示意讓全班同學再說一次。）

全班：你為什麼一點「就」到教室了？

學生 A：因為我想先來準備考試，所以一點「就」到教室了。

老師：各位同學，為什麼學生 A 一點「就」到教室了？

全班：因為他想先來準備考試，所以一點「就」到教室了。

這樣一段短短的對話，「就」已經出現了 5 次，也就是說學生已經在真實的對話中，把這個文法練習了 5 次。

接著我還會再設計其他 2~3 類似的對話，讓學生用「就」不斷跟我對話。

來來回回的對話花不了幾分鐘，都是真實情境，很好理解。

這樣學生都已經能夠自然地把「就」的文法應用出來了之後，我再跟學生說一下「就」的意思是「比說話者預期的時間早」，他們就能夠秒懂，並且可以自己應用在其他情境上。

單純地記憶文法說明（像是中文的「就」指的是「比說話者預期的時間早」），那文法只是冰冷的知識，跟你能不能在需要的時候把它正確地用出來，毫無關聯。

要能在需要的時候把它正確地用出來，是要透過反覆練習，主動輸出的，就像我前面描述的，上課時帶著外國學生反覆練習的過

程。

不管學什麼語言的文法，都要為自己創造練習的過程，經過主動輸出，這文法才會變成你的。

學好文法的另外一個關鍵是，設計得當的對話情境。

一般市面上的文法書，為什麼很難消化？隨便去翻幾本文法書看看，是不是都充滿了「生硬的文法解釋」，下面搭配幾個「更生硬的例句」？例句都單獨存在，缺乏情境，就算硬讀進去，也不知道什麼時候要用？這樣的文法書，連語言老師讀起來都很痛苦。

比如英文很讓人頭痛的「關係代名詞」，因為表達順序剛好跟中文相反，講起來就是拗口。

中文：「那個穿藍色襯衫的男生好帥」，「穿藍色衣服」是形容「男生」，形容的成分在前面。

英文：That guy who is wearing a blue shirt is very good-looking. "who is wearing blue shirt" 是形容 "that guy"，形容的成分在後面。

西班牙文：Aquel chico que se viste con camiseta azul es muy guapo. "que se viste con camiseta azul" 是形容 "aquel chico"，形容的成分在後面。

文法書這個單元都會怎麼寫？

「關係代名詞可以把兩句話連接成一句話。」

原本你可能要用兩句話說完：

That guy is good-looking.

That guy is wearing a blue shirt.

用關係代名詞 who 就可以把兩句連在一起，一句話講完。

That guy who is wearing a blue shirt is very good-looking.

可是我就想要用兩句話來講，比較簡單，不行嗎？
或者文法書會把公式列出來讓學習者去套：

「主詞＋關係代名詞＋描述主詞的成分」
主詞：That guy
關係代名詞：who
描述主詞的成分：wearing a blue shirt
把它們串連起來：
That guy who is wearing a blue shirt is very good-looking.

公式會讓人很心安，因為照做都不太會錯，可是公式也是讓人面對外國人講不出來的殺手，因為當我們講外語時一直在思考「我這樣講有符合公式嗎？」幾乎就很難講對，溝通也很難順暢。

溝通的時候，大腦應該要專注在「把話說給對方聽」、「聽懂對方說什麼」、「做出下一步回應」，如果都在想文法，「我剛剛有把關係代名詞 who 講出來嗎？」「我剛剛動詞有加 ed 嗎？」這樣是連母語者都沒辦法講話的。

要不然現在告訴你另一個中文公式：「把」的用法。「把」是一個很奇特的文法，也是許多外國人學中文文法當中的大魔王，因為大部分語言都沒有可以對應的翻譯，讓他們覺得非常抽象。

公式是：**主詞＋把＋受詞＋動詞**

我「把」你的車開走了。

我的狗「把」我的晚餐吃掉了。

我終於「把」報告做完了。

這些句子都符合「主詞＋把＋受詞＋動詞」這個公式。

接下來讓你跟我對話 3 分鐘，只要說到「把」，你都要一邊講一邊思考，你講出來的句子有沒有符合公式。

光想像就覺得這樣對話很痛苦，對吧？

所以呢，練文法不要滿腦子公式，請回到我前面說的，不要把文法看得太認真，請直接模仿母語者說的「有真實意義的句子」，搭配「真實有畫面的情境」，文法就會充滿生命，變得非常好懂又好用。

像是前面提到的關係代名詞，到底什麼情境會用呢？

請你想像你走進一個熱鬧的 party，遇到一位認識的朋友，你們開始喝東西、聊天。

突然你看到一位帥哥，好想認識他，於是你跟你這位朋友說：「欸，你看那個男生很不錯耶！蠻帥的！」

你朋友沒看到帥哥，於是問你：「那麼多人，你在說哪個？」

你回答：「穿藍色襯衫『的』那個男生啊！（That guy who is wearing a blue shirt.) 是不是很帥？」

關係代名詞的句子不就自然產生了嗎？其實關係代名詞是因為你想要描述「眾多對象當中，某一個對象的特徵」會要用的，這個文法定義在真實情境練習之後再出來，學生通常就秒懂了。

最後提醒你，要把文法學好，除了不要太認真，也不要太在意文

法的錯誤。

文法不是學過就會用對，也不是懂了就會用對，錯誤會一直出現，但是隨著你不斷地大量使用、被修正、再使用、對話中聽到別人使用、你吸收、再使用，這樣持續反覆的過程，錯誤率會慢慢降低，所以關鍵是你要「不在乎錯誤」地一直練。

比如西班牙文有兩個介系詞 por（由於），para（為了），因為長得像，用法也很接近，學習者常常搞混。

文法課提醒了 100 次：

表達「謝謝你的＿＿＿＿」要講 gracias por tu ＿＿＿＿＿＿

謝謝你的幫忙＝ Gracias por tu ayuda.

謝謝你的諒解＝ Gracias por tu comprensión.

可是因為英文是 Thank you "for" your understanding，而大部分學習者都是帶著一點英文程度來學西班牙文，所以都很自然地會想要說：Gracias para tu comprensión.

這樣跟英文才比較對應，也比較符合舊有認知。

一直講錯，有關係嗎？真的沒關係，因為這樣的錯誤絲毫不影響理解，對方還是會知道你要說的是「謝謝你的諒解」。你每說一次、被改一次，下次要講的時候就會更有意識，漸漸地正確率就會提高了。但是如果你背了半天的規則完全不敢開口，你永遠都不會知道你到底能不能講對。

脫離情境的文法學習，不是學語言，而是學「語言學」。文法搭配情境，才能發揮文法「讓外語更容易記憶理解」的功能。

皓雲老師 語．感．教．室

文法被創造的根源，是為了讓「理解外國語言」更加快速便利有系統，方法有：

1. 用有意義的句子反覆多次做代換練習。
2. 設計得當的對話情境，不要把公式硬套進生硬的例子中。
3. 不須求甚解，拋開滿腦子公式，模仿母語者說的「有真實意義的句子」，搭配「真實有畫面的情境」練習。
4. 持續反覆不斷的大量使用、被修正、再使用，對話中聽到別人使用、你吸收、再使用，錯誤率會逐漸降低。

無痛學習心得

Chapter 4

外語學習迷思破解

01
先學字母、發音＝打好基礎？

　　直接說結論，**我建議初學者跳過字母和發音規則，直接從有意義的單字、短對話開始。**

　　第一年教華語時我沒有經驗，總是先花五六堂課帶學生機械化地練習中文的四聲聲調、漢語拼音組合，一切看似都那麼合理，也無人質疑。

　　大約到了第四年，連我自己都開始對初學者的前五堂課感到厭倦，而且我發現學生並沒有因爲那幾堂看似「紮實」的基本功訓練，而學得比較好。

　　於是我開始調整教學順序，先不管發音規則，直接從引導學生模仿我講話開始。

　　我發現效果很好，學生只要一堂課，就能講出之前要花五堂課才能講出來的對話。一小時之內可以不看稿子做 30 秒的中文自我介紹，三小時之內可以去飲料店用中文買一杯半糖少冰的珍珠奶茶。要講出這些，什麼發音規則都不需要背，他只要放開心胸，跟著老師用系統化的方式做口語模仿練習就好。

　　關鍵在於老師設計的引導順序，一般的母語者，想到什麼就講什麼，前後順序如果沒有經過設計去層層堆疊，就像蓋房子原本蓋一樓，突然跳去蓋五樓，這樣是蓋不上去的。

　　後來教西班牙文，我同樣不從字母開始，大部分的語言，會念字母跟會講話都沒什麼關聯。例如西班牙文的 M 發音是 eme（類似「ㄟㄇㄟˇ」）、Z 的發音是 zeta（類似ㄙㄟ ㄊㄚˇ），但是這些字母在任何單字裡面都不會這樣發音，背字母對初學者來說完全是白做工。

　　頂多只有告訴別人自己的中文名字漢語拼音要怎麼拼，才會需要講字母，說實在的，如果真的需要讓對方知道名字怎麼拼，用手機打字寫給對方看不是快多了？根本沒有必要慢慢拼，背字母在實際對話中，是一件投資報酬率非常低的事情。

　　因此我第一年教西班牙語的課程設計，是從教母音＋子音的組合發音訓練開始。因為西班牙語的發音非常直覺，全都是母音＋子音組成音節，再把音節組成單字，幾乎是看到什麼就念什麼，教學順序若有經過設計，初學者不到一小時就能把發音規則全部學完。

　　透過大量教學經驗累積和不斷改良教學設計，我們把發音課程再精簡到 30 分鐘，學生練習次數更多，時間縮短，學習效果反而更好。

　　到教西班牙語第四年，我大量觀察初學者說出每一個新單字的反應，他們大多不是一邊思考每個音節怎麼發音，再把單字講出來的，那個過程太傷腦力了。大部分學習者都是選擇一個讓腦子輕鬆一點的方式「隨便念個大概的感覺」。

　　每次只要有學生把新的單字發音念錯，我就帶著他把單字部分遮起來，讓他一個音節一個音節把發音獨立念給我聽。每當問到：「明明每個音節都會講，也講得很標準，為什麼合在一起就會講錯？」他們都會回答我：「看起來很長，切音節很麻煩，所以就隨便念一下。」

　　果然我的觀察是對的。

　　這告訴我們什麼？初學者根本吸收不進那麼多發音規則的資訊，

況且每一個單字都要經過思考才講得出來的話，要練到能夠和外國人對話，也太遙遠了。

既然如此，何必花那麼多時間帶初學者學發音規則？

那麼發音規則難道是都不用學嗎？還是要學，但是順序調整一下，先建立基礎對話的能力，以零起點來說，大約可以抓個 20~40 小時的學習時數之後，再開始學發音規則。

獨立的背誦字母，其實就像是在記憶沒有意義的符號，人類大腦天生不擅於處理這些瑣碎、無連貫的資訊，所以這樣學，很多人在初學階段就會放棄。然後我們就會看到很多人說：「我沒有語言天分、我記憶力不好，所以學不會啦！」

等到已經有了基礎對話的能力，語感基礎已經建立起來，對字母系統也有熟悉感，如同一首歌，先熟旋律，再理解音符。這時候再把字母或發音規則背起來，就會事半功倍。

我的日語學習體驗

再舉前面提到過，我的日文學習體驗為例。

背完平假名和片假名 100 多個符號，就算每天練習不會忘記，可能也要十幾二十個小時。我的日文 50 音課程，起碼上過七位不同老師的課，最常見的教法，就是每個符號帶著學生念、或許搭配一個代表單字，然後示範書寫筆畫、讓學生跟著寫、考聽寫。

這樣的課程，我大學時期上過一次，上完 50 音就沒興趣續課，當然也沒背起來。研究所時期又上過一次，結果還是一樣，充滿挫折地學完一期就放棄。

　　我還記得那位老師很愛考聽寫，老師說「め」我們就寫「め」。其實我看到完整的「はじめまして」（初次見面），可以很順地把整句話講出來，因為我的記憶是整個語塊而非單獨的 50 音字母。如果我能用日文和日本人說一句「初次見面，我叫_____，請多多指教」，再回去學認字，不是很快就能記住「はじめまして」這 6 個符號的聲音了嗎？

　　但老師並不在乎這個口語能力，也不認同這樣不按照既定步驟的學習方式，他很堅持要考 50 音的單獨聽寫，我就在每堂課聽寫都接近零分的打擊之下，直接中斷了那一期課程。

　　研究所畢業後，我找了位家教，老師聽到我 50 音還沒辦法認讀，再次從頭開始教，我上了 20 小時的課，講不出幾個日文句子，因為都在背 50 音，但是沒有對話的練習當作基底，我實在無法記憶這麼大量的符號，因此我上完一期又沒下文了。

　　後來自己成為比較有經驗的語言老師之後，發現我挑戰日文老是失敗，問題在於這種傳統按部就班的學習方法不適合我，我需要找到一位願意先不管 50 音，教我簡單對話的老師。這樣有既定教學進度的團體班鐵定行不通，我得找一對一家教。

　　在各大線上教學平台上尋尋覓覓，試上了 3~5 位老師的課，我嘗試跟這些老師溝通「能不能先跳過 50 音，從對話開始？」大部分老師都拒絕我，甚至還有老師在整堂試上課半教訓半羞辱地指責我「你看這樣的句子，如果你看不懂 50 音，又不懂發音規則，要怎麼學？根本沒有『資格』來學啊？！」

　　後來我索性不再提我根本還沒把 50 音背好這件事了，我直接在線上平台預約了一堂「初級日語會話課」，我只有在課前告訴老師，

我想在試上課 30 分鐘的時間，練習用日語自我介紹。

這位老師準備了幾個很基礎的問題，像是「你叫什麼名字？」「你是哪國人？」「你做什麼工作？」「你喜歡吃什麼？」「你喜歡什麼運動？」讓我套用他準備的句型回答。

我只管模仿就好，不需要閱讀任何文字也可以跟他互動。

30 分鐘之後，我真的可以用日文做 30 秒的口語自我介紹，這是我從大學接觸日文以來，第一次這麼完整地用日文好好講一段話。

頓時就決定要跟定這位老師了。上了 10 堂課左右之後，我的口語明顯進步，甚至沒有特別練習的 50 音閱讀，也因為定期的口語練習課，我需要在講義上做些筆記，而慢慢地能夠越記越多。

用有意義、可直接拿來溝通的句子，反推回去記發音，這是從上而下的概念，先完整再細節，效率加倍。反之，現在大部分語言課程都是由下而上，硬生生地把好好的一個句子拆成最小單位，變成破碎的資訊，要求學生單個單個死記，再辛辛苦苦地把它們拼組回去。

如果我繼續跟著那套「一定要先學會字母打基礎」的方法來學日文，即使我的西班牙文流利、法文也有中級，我到現在還是會覺得日文是一個一輩子跨不過去的檻。

學好字母真的等於打好基礎嗎？

我們如此習慣於過去的學習經驗，就覺得這件事情只能這麼做。iPhone13 都快要出了，語言學習的方式還停留在 iPod 的時代。

看到這邊，你或許會問「沒有字母要怎麼把單字句子記錄下來？」可以先用母語、羅馬拼音、錄音的方式暫時記下來，這只是過程，你終究有一天會學會用正確的文字記錄，但不需要從頭開始。

或許又有人會說「沒有字母他要怎麼知道正確發音？」其實好好思考一下，難道寫在筆記本上的文字會發出聲音嗎？不會的，文字是人類發明出來的「符號」，去「代表」某種「聲音」罷了。

比如把「我愛你」這個句子的土耳其文錄音起來，傳給十個不同國家的朋友，他們一定可以靠著「模仿」，把這句話的聲音學起來，如果忘了，再拿出來聽就好了，保證學得會，而且只要練習次數夠，發音都會蠻接近的。這就是「用聲音學聲音」。反之，我們如果把「我愛你」的土耳其文，用土耳其文原文文字，加上羅馬拼音寫在下面，傳給十個國家的朋友，我保證他們全部都會發出不同的音，搞不好天差地遠。這就是「用文字學聲音」。

明明可以直接學講話，為什麼硬要透過文字這一層程序呢？明明可以直接牽到喜歡的女生的手，為什麼硬要在兩手中間隔一層紗呢？

讀到這邊你可能想要再問：「照你這麼說，是都不用學文字的意思嗎？」再次強調，不是不用學文字，而是**不用「從零開始就學文字」**。

學好字母和發音規則跟打好基礎，沒有絕對的關係，那只是因為我們從小的學習體驗，不知不覺帶給我們這樣的學習認知。

如果你仍然對於「不先學字母打好基礎」這個方法充滿疑慮的話，我來提供幾個例子，證明的確可行：

1. 台灣有許多厲害的外國人族群，多數是我們容易忽略的東南亞移工，口語超級流利。但你把他一分鐘前跟你講的話打成逐字稿，他不會承認那是他說過的話，因為他完全看不懂，也寫不出來。

2. 我的法文目前大約是中級程度，我可以用法文面試員工、跟法國人全法文視訊一小時，但是我寫不出一則完整的手機簡訊，許多簡單的字我都不會拼，比如說「再見」的法文。法文字母我也背不出來，但是那一點都不重要。我去法國玩的時候到哪裡都是用開口問來解決，看不懂菜單也直接開口請服務生推薦，生活所需都可解決，反而得到許多和當地人聊天交流的機會。

3. 沒有一個台灣小孩子是先學會 37 個注音符號，等到都認會、背熟，才開始叫爸爸媽媽、和幼稚園老師說「我要去廁所」的，對吧？那為何學外語要先學字母呢？

4. 人生當中在何時溝通會需要用到字母呢？想想還真的不多。別人問你名字、公司名稱、地址怎麼拼的時候嗎？但這些情況通常就寫一下文字訊息、或現場紙筆寫一下就解決了。

5. 我自己經營的補習班對初學者完全不教字母，第一堂課有 85% 以上的時間，用層層堆疊的系統化教學，讓學生第一天下課時帶著一段對話能力回家。一期 6 個月的課程結束後，讓學生看一下字母歌影片，不用刻意背，只要唱個幾次，通常 80% 都直接記起來了。如果可以如此輕鬆，何不先把學字母的力氣省下來先學說話呢？

字母不是不用學，而是放到後面一點，可以自然學會，學語言的本質是溝通，完整的單字不需要經過被拆解成字母去分析、讓學生重組、再講出口的過程。

　　針對初學者，可以先從國際通用，有意義的開始體會外語發音，以西班牙文來說，墨西哥美食 taco、天天喝的 café 或是 Coca-Cola、知名服飾廠牌 Zara、Mango、令人瘋狂的 fútbol……這些字，就算沒學過西班牙文也都會念個大概，拿來當初學發音入門就非常適合。

　　接著可以練習一點短句的聽跟說，建立一點基本的對話能力，甚至會唱幾首歌，再回過頭來學字母。如此能事半功倍，又不會因為在初期就因太挫折無趣而放棄。

　　過去的學習方法只是經驗，並不是聖經，如果過去的方法都這麼棒，那麼現在台灣應該每個人的外語都會好棒棒才對。對現狀持續質疑，持續改變，才會進化。

02

和外師學才能學到正統發音？

經營外語補習班每個月必定被問的月經文：

1. 學外語到底要跟中師學還是外師學比較好？

2. 跟中師學的腔調，會不會就變成台灣腔？

小孩子才做選擇，大人全部都要！所以在我經營的西班牙文教室，中外師都會安排一起搭配上課，因為不管學什麼外語，跟中師或外師學習都各有強項。

中師的優勢

▸**1. 經歷過學習外語的歷程，對學生的困難點馬上就能掌握**

比如說很多歐洲語言的動詞變化、受詞在動詞前面的語序，中師不用想就知道「接下來這邊學生 99% 都會卡關」，很容易能易地而處針對難點設計對症下藥練習。

▸**2. 有困難直接用中文解釋，不用跟外師玩猜猜樂**

有時候一個字、一個小觀念，卡關過不去，中師講一下就通了。

特別像是表面上是一種意思，實際上使用變成完全另一個抽象意義的句子。

像是西班牙文這句片語：No tener pelos en la lengua. 字面的意思是：舌頭上沒有毛。難道這是在指中文的「嘴上無毛、辦事不牢」嗎？

沒有這麼剛好啦！這其實是指一個人口無遮攔，想到什麼就講什麼。像這種用語，萬一外師不懂台灣文化，舉例不到位，搞不好說明 10 分鐘還講不清楚，反倒是中師用中文解說一下，就可以快速開始進入對話練習，一來一往的上課時間效益會累積巨大差距。

▷3. 有特殊學習需求的時候，方便跟中師溝通

比如學生想參加檢定考試、想多練一點某個主題的內容、想調整上課方式等等，外語表達能力還不足以跟老師用外語溝通，跟中師討論就會很有親切感。

▷4. 能提供學習策略的建議

如果今天外國人來問我們：「中文的ＸＸ語法要怎麼練？」我們雖然是母語者，但應該大部分都不知從何答起？只會給那種很虛無飄渺的答案：「就……多講幾次就習慣了啊……」「就……我們都這樣講啊……」

沒有受過特殊教學訓練的外師，面對他們的母語常常也是如此。動詞的檻要怎麼過？檢定考試要怎麼準備？聽力要怎麼練才會有效？這些中師才會有實質經驗可以教。

▷5. 讓學生有個模仿標竿

外師把他們的母語講得很溜是應該的，中師把一種外語講得很溜，是他們努力而來的，反而更值得當作學習榜樣。

　　我小時候就特別喜歡看英文補習班的中師和外師對話的樣子，崇拜他們怎麼可以和外師用這麼流利的英文對話，進而覺得「嗯～這位老師可以，我以後應該也可以！」

外師的優勢

▷1. 最自然的母語者發音和表達方式

　　這應該是最多學生在乎的了。母語者的發音和表達方式的確無可取代，非母語者老師也很難超越，特別是達到某個程度以上的學生，更是一定需要和母語者老師互動。

▷2. 最道地的異國文化輸入

　　比起聽在國外待過的中師介紹，你一定會比較想聽西班牙人談 tapas（西班牙小菜）、看古巴人跳 salsa、聽瓜地馬拉人分享馬雅文化、讓日本人教你穿和服，這個若非土生土長的在地人，總會隔一層。

▷3. 得到不同的思維刺激

　　不同國家成長的人，思維不同，自然會引導學生談不同的話題，師生談話的範圍會比較廣，有更多創意火花。

▷4. 從外國人的角度看台灣

　　以我們補習班的外師來說，都是在台灣生活多年的外國人，他們每天都在用外國人的眼睛認識台灣。

　　比如說有一次他們就問學生「為什麼養狗的台灣人會把狗放在

嬰兒推車裡面出去散步？狗不就是應該自己走路散步嗎？」台灣學生就因此有機會，用西班牙文去討論這些生活上的觀察，可是中師對台灣現象自然視爲理所當然，可能就不會想到這樣的話題。

▷5.引起學生更多的好奇

外國人在學生面前做什麼，都會讓人感到新鮮有趣，外國人講中文我們會覺得可愛；外國人面對工作危機的態度跟我們可能也很不一樣；外國人放下本國的一切來台灣發展生活，會讓我們敬佩又嚮往，一直在眼前看到這些外國人有「在我們想像範圍之外」的行爲，會讓我們更有動力想學更多。

中師＋外師共同教學的好處

中師和外師能帶給學習者完全不同的視野和學習刺激，學語言不是只有學考試、學習策略，也不是只需要注重漂亮標準的母語者發音，不管哪一方面都很難被取代。

因此，我經營的西班牙文課程，不論是團體班還是個人班，只要學生沒有特殊要求，課表時間能排得出來，都會盡量安排中師＋外師搭配輪流授課。

到 B2（中高級）以上的班級，有的就會全外師授課，但也會盡量是兩位外師的搭配，去增加學生學習的多元性。

這種排課的負擔其實是兩倍重，每星期都要多花一小時，去調動課表，讓每個班的老師平均輪值。另外老師們也要有一個管理進度的系統，才能在每一堂課之間無縫接軌，是一個巨大的無形行政成本。

其實有時候也會想：「哎喲～幹嘛這麼麻煩，不如就每個班固定的老師，省得一直花時間排課表。」然而因爲從過去的經驗和學生的反應，相信這會是對學習效果最好的版本，也覺得如果我自己是來上課的學生，會喜歡這樣的安排方式，所以六年來一直都這麼做。

中師的台灣腔令人擔心？

常有網友詢問我「中師口音」的問題，甚至有網友直接來我的西班牙文 YouTube 影片留言說「台灣腔好重。」

我們很少要求外師要用流利的中文跟我們講解文法，爲什麼要嚴苛地要求中師的腔調要像母語者般的自然？（我太不喜歡用「標準」這個形容詞來形容腔調，因爲我的觀點是「標準腔」是一個人爲後天定義的標準，每個人都可以擁有屬於自己心目中的標準腔。）

我就直白地講，我自己講西文二十年了，仍有台灣腔。我的另外兩位在國外待過多年的中師同事，一位拿了西班牙的碩士，一位曾在拉丁美洲做過幾年貿易工作，年紀輕輕身經百戰，一樣都有台灣腔。

但是我真心覺得這個不是問題，我們的西班牙語溝通流利、能把複雜的概念用簡單的語言講清楚、能和母語者深度討論教學方法、行銷策略、談判協商、談情說愛（？），這些我們當初也是從零累積起來的能力，我相信這些過程值得學生們來學習、複製。

再說，中師教學的賣點從來就不是腔調，這個讓外師來就好了。而且，即使從零開始就一直跟母語者學習，也不見得就會擁有很接近母語者的腔。

其實不管跟哪國人學，80% 以上都還是會學出一個台灣腔。我的法文從零開始都是跟母語者學的，目前大概 B1 程度，從來沒上過中師的課，也是台灣腔啊！（有老師說過我的腔有點西班牙母語者味道，總之也不是母語腔。）

與其在初學階段去過度擔心腔調，不如把專注力放在快速建立基本溝通能力，更實際。等到基本能力到了一個水準，自然有心力調整腔調細節。

我在台灣學西班牙文的前三年，全部都是向西班牙中北部的老師學，結果去西班牙南部安達魯西亞區留學，反而花了一個月把自己變成南部腔，拉近社交距離。

後來到了多明尼加工作，又花了二個星期把自己變成加勒比海腔，要不然他們都會覺得我講所謂的「標準」西班牙文，就像我們在台灣看到西方臉孔硬要講北京腔中文那樣做作。

回到台灣認識了我瓜地馬拉籍的先生，又被他說我的西班牙文怎麼那麼有加勒比海調調。我根本不用刻意改，反正每天跟他在一起，自然而然就成了接近中美洲的腔。（他們都說加勒比海腔的影子還是有一點，但這有關係嗎？我挺喜歡加勒比海的腔，蠻酷的。）

等到程度到了，要調整腔調是很快的，想要什麼腔都可以，所以與其擔心腔調，先把口語基礎建立好，是不是比較實際？

▷ 結論

1. 如果情況允許，外語初學者，我建議中師＋外師聯合授課的課程。

2. 中外師各有優勢，請盡量去關注他們分別的優勢來學習。

3. 腔調是語言本身程度到了之後，可以慢慢調整、水到渠成的事情，所謂的標準腔只是我們的人為認定，無須過度擔心。

03
一定要背很多單字才能開始練對話？

我單字量不夠，所以看不懂聽不懂講不出來？

這句話，對，也不對。

我的西班牙文已經講了二十年了，我的先生是瓜地馬拉籍的西班牙文母語者，我們每天 80% 以上的時間用西班牙文溝通，我每天都還是會聽到從來沒聽過的西班牙文字。

單字，沒有學完的一天，如果要背夠單字再開始應用語言，一輩子都別想說外語。

我們需要一定的單字量讓理解和溝通更順暢，不代表我們需要永無止盡地背單字，更不代表要等到單字背夠的那一天才能開始應用外語溝通或講話。

很多人會被單字量迷思給綁住，語言考試大多會給各個級數一個建議單字表，初級要會哪 1000 個字、中級要會哪 3000 個字之類的，有些人就會覺得「那我就去把這些先背起來，再去準備考試、或是找外國人做語言交換。」

這些人想的是：背完單字，就會看懂文章、講出要講的內容、聽懂想聽的影片、可以準備檢定考試。

也就是說：現在文章看不懂，溝通不順，看到外國人講不出東西，是因為單字量不夠。

然而，講這些話的人，常常都已經背單字背了十幾年，根本不缺更多單字，他們只是一直想要躲在背單字的安全框框裡，藉此拖延面對聽不懂、說不出來的尷尬場面。

官方提供一定數量的單字表，我們人性上覺得有範圍、看得到終點，所以自然會想要先以此為目標，得到成就感。相反地，應用單字去講話、去閱讀、去溝通，你無法預測對話的時候對方會講什麼，每一次談話都會遇到陌生的單字，聽不懂會緊張挫折，所以自然會想要退回去背單字的舒適圈。

單字量是個參考指標，你可以把它當成目標，但是這跟語言應用是兩回事。一張0050股票要幾十萬買不起，你可以先買零股賺股息；幾千個單字還沒背起來，有幾十個單字也能先拿出來開始利用語言豐富人生啊！

比單字量更重要的，是你如何把手上已有的單字拿出來「活用」。幾十個單字不同順序的排列組合，就已經可以組出一段非常實用的對話。

假設我們到歐洲去旅行，想要在當地特色咖啡館喝個下午茶好了，你需要多少單字？

服務生：請坐，請問幾位？

客人：一位。

服務生：這邊可以嗎？

客人：好。

服務生：這是菜單，請問要什麼？

客人：一杯熱咖啡、一個布朗尼。

服務生：還要什麼嗎？

客人：這樣就好，謝謝。

這樣完成了在咖啡館為自己點一套下午茶的任務，你需要多少單字？我們來算一下。

1	2	3	4	5	6	7	8	9	10	11	12	13	14	15	16	17	18	19	20	21	22	23
請	坐	問	幾位	一	這邊	可以	嗎	好	這	是	菜單	要	什麼	杯	熱	咖啡	布朗尼	還	這樣	就	好	謝謝

23 個單字，你需要練多久？以我教西班牙語的經驗，完全沒有基礎從零開始的學生，經過系統化的引導，1.5 小時就可以全部練起來，並且做一次這樣的角色扮演對話，完全不看稿。

練的過程絕對不是讓學生看著獨立的單字卡一張一張記憶，單字本身的存在沒有什麼意義，而且獨立的單字背過即忘，必須放在句子裡面連結對話情境，才好記憶，也才知道怎麼用。

我們再換個角度看看，剛到台灣工作的外國人，幾乎天天都會被熱情的台灣人問哪些問題，需要會講什麼對話？以下是我的外國老公在台灣 10 年，天天被問到倒背如流的劇本：

台灣人：你是哪國人？

外國人：瓜地馬拉。

台灣人：瓜地馬拉？在哪裡啊？

外國人：中美洲，美國、墨西哥、瓜地馬拉……

（搭配手勢一路往下比）

台灣人：喔～你來台灣多久了？

外國人：10 年。

台灣人：哇，你的中文很好耶！

外國人：沒有啦！謝謝。

台灣人：來台灣工作嗎？

外國人：對啊，我跟我太太都是西班牙文老師，我太太是台灣人。

台灣人：哇，西班牙文很難耶！

外國人：沒有啦！中文比較難。

這樣一段經典對話，外國人需要多少單字才能掌握呢？我們來算一下！

1	2	3	4	5	6	7	8	9	10	11	12	13	14	15	16	17	18	19	20
你	是	哪國人	瓜地馬拉	在	哪裡	中美洲	美國	墨西哥	喔	來	台灣	多久	了	十	年	哇	的	中文	很好

21	22	23	24	25	26	27	28	29	30	31	32	33	34
耶	沒有啦	謝謝	工作	嗎	對呀	我	跟	我太太	都	西班牙文	老師	比較	難

少少的 34 個單字，就足以讓台灣人稱讚外國人「中文很好耶！」毫無中文基礎的外國人學會這段中文需要多少時間呢？就我的教學經驗，用正確的方法練習 1.5~2 小時，剛來台灣的外國人都可以這樣跟台灣人小小社交一段。

　　背單字跟存錢蠻像的，錢存在銀行裡面都不去動它，經過通膨就會慢慢貶值，就像單字背一大堆不拿出來用，就會被放在角落漸漸遺忘一樣。

　　相反地，你把存款拿去學習、拿去投資，讓錢發揮價值幫你賺錢，錢就會越滾越多。而單字呢？學到多少用多少，讓每一個字都能反覆被利用、發揮它的價值，它就會很願意留在你的記憶資料庫裡面，並且輕鬆幫你帶進更多有關聯的單字。

　　請不要再做單字的守財奴，現在腦子裡有多少單字，就盡量都用出來。越用，單字資料庫自然會越加壯大。

04

學過的要講到對，才能繼續往下學？

　　大人進了職場，每天戰戰兢兢，避免犯錯被罵，被社會化的我們，會特別無法容忍犯錯的自己。為了避免犯錯，人會有三種反應，第一是減少嘗試，第二是帶著恐懼嘗試，第三是管他的錯就錯吧！

　　哪一種人學外語會學得最好呢？當然是第三種。

　　學外語是大人生活中，少數「犯錯即日常」的環境。你講的不是母語，即使每句話都有錯誤也本該理所當然。

　　語言學上有研究過，一些母語裡面沒有的概念，你就算學到了高級程度還是會錯，所以老師其實沒必要一直在初級課堂上花時間糾正學生一再出現的錯誤，比如說英文的第三人稱單數沒加 s，過去式沒改成 ed 結尾等等。

　　語言對多數人來說只是溝通工具，並不是一項要拿出來表演的才藝，它原本就不需要完美，我們需要它的是它的溝通功能。結果一大堆語言課堂都不管學生能不能溝通，卻一直在意學生的文法錯誤。

　　好的語言課堂，老師會鼓勵你嘗試，恭喜你犯錯，修正而不批評你的錯誤。

　　好的語言課堂，會讓你先習慣犯錯，不在乎犯錯，再慢慢降低犯錯的比例。

　　如果你的語言課堂氣氛不是如此，那麼拜託請你趕快換個環境。

　　我曾經在某補習班上過一堂日文課，老師請學生念一個生詞卡，學生 50 音沒背好，讀不出來，想翻書，老師冷冷地說：「不准看書，旁邊的也不要告訴他，他沒有背，要自己想出來。」

　　拜託，忘了就是忘了，坐在那邊想三小時也是想不出來啊！我們都是成人，學日文也只是為了看看日劇、去日本玩，我們人生中還有一大堆重要的工作要顧、家人要養，如果你也遇過像這樣一個生詞念不出來就要發脾氣的老師，真心建議你另請名師。

　　寧可損失學費的沈沒成本，也不要讓語言學習蒙上陰影，從此一輩子害怕犯錯，搞得以後什麼都學不好。

　　千萬不要覺得我這樣說太誇張，我有一個關於「歷史科」的親身負面經驗，讓我到現在對歷史仍深感障礙。

　　有一次我的外國老公和我弟弟、爸爸，突然聊到世界上的歷史故事，因為我老公是歷史迷，即使他的中文只有能基本溝通的程度，竟然也可以用中文和我家人聊歷史聊了 30 分鐘，連《孫子兵法》都講出來，實在不知道他到底怎麼突然聽懂這些詞的。反倒是我這個中文母語者插不上話，他們聊了約 5 分鐘左右，我就覺得我完全進不去話題，乾脆放棄，拿手機出來滑。

　　後來的 30 分鐘，我只覺得那些噪音好吵，這麼無聊的話題怎麼可以講那麼久，索性自動關上耳朵，拒絕接受資訊。那一刻我突然連結到了高中時負面的學習經驗：

　　高中時期因為幾次段考的歷史成績都不理想，怎麼考都只有30~50 分，被老師同學說：「奇怪，這不是背一背就會的東西嗎？為什麼可以一直考這種分數啊？」我當時都沒有意識到，這個評價給我

造成了長時間的陰影，讓我覺得「喔～我就是一個連背也背不會的笨學生」。

從此之後，我的歷史分數幾乎沒有及格過，不管我再努力、花再多時間、整理再多厲害的筆記，考不好就是考不好，而且還連帶影響了我的地理、三民主義，這些多數人認為「只要會背，分數就會高」的科目。於是我的大學聯考，歷史、地理、三民主義，三科加起來還湊不到 100 分，幸好最後靠著英文的加重計分，我才吊車尾考上輔大。

有時候我會想，如果當時我沒有因為這些莫名其妙的標籤而討厭歷史，或許我會變成一個不同版本的自己也不一定。

過去的學習陰影，讓我從高中到出社會好多年，都與歷史自動絕緣。一直到近幾年創業了，成熟了，慢慢體會向歷史學習的重要性，我開始聽一些用偏商業角度來解讀歷史的 Podcast 節目，才慢慢找回和歷史這個科目的連結。

拉回本書的主題，你的外語學習有沒有類似的經驗呢？小時候看到外國人就一直被大人逼著去講英文讓你很反感？國高中時一直考英文單字拼寫，錯一個字母就被扣分很挫折？進了職場偶爾需要英文時總是出糗，讓你想到英文就沈重？

如果你意識到了這個狀況，那很好，你已經往「從陰影中解脫」走出第一步。

接下來你要做的，是洗刷掉這個負面記憶。小時候的長年累積，要洗刷掉，一定要投入時間。我的歷史陰影花了十幾年，那是因為我根本沒意識到，如果你現在已經把這本書看到這邊，意識到問題所在了，那你一定可以更快解決這個部分。

首先，你要先說服自己接受錯誤：

「我有時候就是會講錯。」

「我接受自己講錯。」

「我講錯沒關係，溝通成功就好。」

「我繼續讓自己講出來，正確率總會越來越高。」

千萬不要因為初學階段一直講錯、重複學了就忘，就又陷入自我批判的圈圈，然後為了避免這種挫折感，乾脆放棄學習。這個檻如果過不去，那麼往後只要遇到語言，這就一直會是你的罩門。

既然現實世界都如此複雜，沒什麼機會犯錯，那麼就把平時不能犯的錯，都拿來語言教室放膽地去嘗試吧！語言教室是我們成為大人之後，一個最能夠安全犯錯的場所了！

犯錯不僅是安全的，還得要透過犯錯，才能把自己帶到更進階的位置。千萬不要有「我先把這邊都學透徹，弄到不會錯了，再進行下一步」的想法。

學語言的過程其實跟產品開發很像，沒有一個產品是第一版就完美的，如果沒有當初那個一大堆問題的 iPhone 1，也不會有現在如此升級進化的 iPhone 12。

想想看如果 iPhpone 1 開發出來的時候，賈伯斯說：「這麼多問題還需要改進的產品，還是等我們做到完美無缺再量產吧！」那麼 iPhone 應該永遠沒有問世的一天。

放膽地犯錯，才有機會把你的語言，磨練到 iPhone 12 的程度。

05
我看到外國人都說不出口，
一定是書讀太少？

從小聽多了「你都不會ＸＸＸ，就是因為書讀不夠！」於是我們自然以為讀書可以解決一切，卻忘了思考有很多事情還需要靠其他練習才能有成果。

曾經接過幾個語言學習的諮詢個案，把讀書的效果看得太過神奇，反而耽誤了學習進度，可說是被讀書包袱拖累了人生。

▷ **個案 A**

職業是某專業領域的講師，平日在大型企業接案講課，希望有機會能到國外講課、演講推廣他的理念，因此需要練習流暢的英文表達，進而把平常在教的幾門專業課程完全轉換成英文版。

過程中他找過幾位老師來增強英文能力，因為一直沒有碰到有能力設計「專業英文」課程的老師，上課常常都是讀篇文章、學些不痛不養的文法呼嚨過去。

長期付出卻看不到進步，想要出國教學的目標遙遙無期，他開始自我質疑，或許是英文底子太差？於是花大量時間聽新聞、學文法、甚至另外找老師再上基礎文法課、單字課。

他完全沒發現，他的口語能力並沒有想像中的差，甚至是有能力用英文來清楚表達學習需求的，他需要的已經不是更多的文法、

閱讀、單字，而是 100% 專注在練習「口說」上面。

他需要的英文課很簡單，就是讓他直接把想要英文化的專業課程，一段一段講給母語者老師聽，讓老師直接改他的口語表達，再反覆練到熟即可。

台灣有很多學習者真的都已經「累積」夠多了，爆量的單字庫、文法規則，已經都滿到大腦外面了，卻還是覺得是因為學不夠，所以看到外國人都講不出來。

這很像你打開衣櫃，明明裡面是滿的，卻老是覺得自己永遠少一件衣服。

你不能再買了，你要做的就是「開始把衣服拿出來整理、分類、不同組合穿搭」。套用到語言上指的是什麼呢？你不要再讀書了，你要做的就是「開始把資料庫裡面的資料拿出來整理、分類、組合成句子對話來應用」。

▷ 個案 B

每天花大量的時間練習日文，讀課本、勤做筆記，像高中時準備大學入學考試一樣拚命讀書，但因為過程太苦悶又無聊，下班後身心俱疲的狀態實在很難撐下去。

某天偶然有機會遇到跟日本人對話的機會，發現自己一句話都吐不出來，開始質疑自己到底這一年來的補習、投入成效都到了哪裡去？難道是自己根本沒有語言天分？繼續努力還有用嗎？

因為未來到日本去工作／生活是他的夢想，所以還是繼續想辦法讓日文有進步，他買了更多的參考教材、考題，有空就做一點，希望透過考題反應分數，能夠看到具體進展幅度。

後來又遇到了可以跟日本人講話的機會，他竟然還是講不出話來。

我告訴他：「你如果繼續用一樣的方法學日文，再學十年也是講不出話來。」他一臉吃驚地問我爲什麼。

「你想要得到的是『跟日本人用日文交流』這件事，但是你每天花大量時間做的努力是什麼？讀書、做考題、寫筆記，什麼都做，偏偏就是就是不做『練口說』這件事。爲什麼會一直做 ABC，卻期待著 D 會有突然神奇出現的成果呢？」

「你不要再讀書了，再寫多少考題都不會讓你說出話來的，想要跟日本人用日文交流，請直接去做這件事，找個日文會話課，一對一逼自己講，要不然找個日本人做語言交換，能吐出幾個句子都好，趕快開始，就會發現自己其實做得到。」

▷ 個案 C

因爲希望到德國去念音樂碩士，需要考過德文檢定，兩年前開始學習德文，每週 1~2 次固定頻率地上課，累積也投資了 200 小時左右，感覺學到很多，文法觀念非常清楚，卻一樣有「看到德國人完全吐不出一個完整的句子」的困擾。

只要是明明付出很多時間，卻一直無法跨越口說障礙的學生，都會有一樣的反應：「我是不是沒有語言天分？」「我是不是讀得還不夠？」「我是不是單字量太少所以說不出來？」

我給他的建議是一樣的，他不需要再去上一大堆文法知識輸入的課，他的文法資料庫已經滿到消化不良，學更多只是會更加地知識便秘而已。

　　我請他和老師溝通調整上課方式，退回到簡單一點的內容，不要再學新的，而是要把舊的、簡單的內容拿出來做口說練習，每一個主題都要練到口說非常熟，熟到去考檢定時口試可以自信上場的程度。

▷ 個案 D

　　大學時主修西班牙文，年紀輕時不懂得珍惜學習機會，混個低空飛過畢業，西班牙文到了畢業，都還是一個搬不上檯面的程度。

　　畢業後工作了 2~3 年，發現工作上開始需要用西文和客戶溝通了，後悔西文系畢業的自己，竟然沒有西班牙文基本對話的能力，於是來到我的補習班報名課程。

　　他花了點時間做心理建設，西文系畢業的學歷，來到補習班跟只有業餘學了 200 多個小時的上班族一起上中階班，是需要跨過一些面子門檻的。

　　然而經過我們的口試分班測驗後，我們建議他從中階左右插班，大約是西文系大三的程度。其實更高程度的內容他也都學過了，本來想說服我們讓他去更高階的班，但是高階班的知識含量超過他所能負荷，反而無法練習口說，而口說能力又是他接下來找工作最需要的，經過溝通後，他接受了我們提供給他的課程安排。

　　因為課程本身的知識難度對他來說不算高，他可以輕鬆自在地快速理解、專注練習口說，透過把自己已經學會的東西說出來，建立自信和動機。後來他很順利地上了一年左右的課，一路往上學，逐漸可以自在地和母語者對話，當別人問他「你大學主修什麼？」的時候，他回答「西班牙文」已經不再那麼心虛了。

以上這四個個案，同樣讓人不捨的是他們極其努力，卻又一點都捨不得鼓勵自己、甚至毫不留情地自我批判。

學外語本身並不是他們的目的，學好外語之後下一步的人生才是。個案 A 想用英文得到國外講課的機會；個案 B 想用日文出國生活體驗人生的機會；個案 C 想用德文去德國念音樂碩士、讓音樂教學事業更上一層樓；個案 D 想要用西班牙文跟國際客戶溝通、增加他在公司裡的價值。四位都是在職場上發光發熱的專業人士，卻被跨不過的讀書心魔卡在框框裡。

如果上面四個個案的情況，讓你有了某方面的共鳴，希望你也可以勇敢為自己安排一個違反你原本認知的練習計畫，暫時把書本、考題、文法、知識放在一邊，從建立語感開始。

讀書很好，去應用會更好，請把自己丟到非舒適圈，找到可以直接應用外語的對象或環境，上戰場去檢視一下自己過去的努力到底累積了多少實戰能力。

結語

語言學習可以成為每個人的樂趣

　　如果從國小三年級開始算到高中畢業共 10 年，每週平均在學校＋補習班＋自己花時間做功課，平均下來每週保守估計算接觸英文 4 小時好了（很多人的實際時數應該遠多於此），10 年累積接觸英文的時數應該有超過 2000 小時。

　　我在書中提到，中文母語者來學習超陌生的西班牙文，如果用對方法，要學到等同西班牙文系大學主修畢業的程度，300~400 小時可以做到。

　　然而大部分台灣學生從小到高中畢業投入 2000 小時以上的英文，有多少人到了大學能夠自在地用簡單地英文和外國人社交？

　　每人 2000 小時，如果以每年 15 萬大學新生來計算，等於是全台灣 3 億個小時驚人的時間成本。如果整體的外語教育品質能夠提升，讓每年有更多學習者能夠學到自在使用不同的外語去和國際交流、經商、外交、推廣台灣，那是多巨大的社會競爭力？

　　科技、環境、生活模式一直在光速成長，然而基礎外語教育在許多教學單位，卻停留在 30 年前的樣貌。機械式的抄寫、覆誦，完全扼殺孩子學習興趣的填鴨式考試方法，仍然存在於每個角落。

　　學習英文是我從小到大各個科目的記憶中最美好的體驗，學習西班牙文更是全面**翻轉**了我的人生，它讓我看到原來除了中文、英文之外，還有那麼大的世界，用著全然不同的思維在過生活。

　　古巴和多明尼加是我去過生活環境與台灣落差最大、但民族性最知足、最懂得享受當下的國家；瓜地馬拉是我另一半的祖國，擁有引以爲傲的馬雅文化、聞名世界的咖啡莊園；西班牙是我只要買了機票隨時都敢馬上飛的第二個家，我只要聽到西班牙文歡樂的音樂就煩惱全消。

　　講西班牙文彷彿讓我找到一個被隱藏的自己，用西班牙文與人溝通，我毫無包袱，有時候甚至比中文更能暢所欲言。用西班牙文看世界，提供我一個全然不同的視角，我不必依賴已經被英文主流媒體轉譯過的二手資訊才能了解**趨勢**，這世界上有太多資訊，透過一層解讀之後，完全就**變**了樣。

　　從小在台北長大，三十多歲搬到新竹後，我才發現自己沒走出台北之前，目光有多天龍國。從小學英文，快二十歲開始接觸西班牙文、快三十歲到多明尼加工作，我才發現以前中文＋英文＝與世界接軌的能力，根本是過度簡化了世界多元風貌。

　　這世界除了我們的母語，以及一輩子非學不可的英文，還有太多美麗的聲音，值得我們分配一點人生的時間去認識。

　　有一次我無意間在網路上找到一首阿拉伯文的流行歌，歌詞大意是鼓勵年輕人勇於嘗試、不停學習、探索世界，非常積極光明，那個當下超級想學會阿拉伯文，如果只透過西方世界主流英文媒體來接觸世界，哪有機會知道阿拉伯文世界，除了主流媒體口中的恐怖分子之外，還有這麼陽光的音樂風格？那還只是一首歌而已，如果我看得懂

阿拉伯文原文的新聞呢？能夠得到的刺激和啟發更是難以想像。

　　我們不必成為什麼多語高手，畢竟人生除了學語言還有許多重要的事情。我想推廣的是，語言學習可以成為每個人的樂趣，稍微接觸一點點新的語言，你就有機會認識一個新世界。就像有人工作之餘會去學一種樂器、學園藝、學烹飪、學跳舞，作為下班後的休閒，語言也可以。如果你調對了頻率、找對了方法，你可以一個接著一個地邊學邊玩，完全玩不膩。

　　每個人一生中都至少學會了自己的母語，許多台灣人甚至也都能掌握中文和台語兩種母語，這代表著我們都天生內建學好任何一種語言的能力，只是在社會化的過程中，我們不知不覺以為語感不可靠、檢定考試分數才是真的。我們創造了看似客觀的評量制度來評判每個人的語言能力，再用這個制度來綁架自己，毀掉原本該是充滿樂趣的學習方式。

　　我 20 年來都在從事語言教學，從國內教到國外再教回國內，從小孩教到銀髮族，從早期教英文、後來教外國人中文、近幾年主攻西班牙文，從體制內的學校教到自己創業成立私人教學機構，從教學生怎麼學，到訓練新一輩語言老師怎麼教，足以證明我對語言是真愛，畢竟光靠教育界不上不下的金錢收入不可能支撐我走了 20 年。

　　每年看到許多學生透過學習新的語言，找到另一種生活的可能，有的是家庭主婦找到生活重心和能為自己做點事的自信、有的是苦悶工程師找到下班後的天空、有的是全身充滿流浪靈魂的上班族得到出走去看世界的勇氣、有的是得到語言這把鑰匙，到他夢想的國度去求學、求職、落地生根，這才是支撐我走了 20 年的根本動力。

　　一個人能教的學生有限，但是留下的文字力量無限。期待這本書

的分享，能幫助你或你身邊的人，解開學習外語的困難、心結、陰影。學習外語的過程本身，就可以是一件充滿樂趣的事，你只是還沒發現而已。再給自己一次機會，重新撿起英文也好，選擇跟一個新語言交朋友也好，找回你與生俱來的語感，讓語言學習成爲你的樂趣。

學員推薦

　　學語言就像玩遊戲一樣有趣！從小用傳統的方式學英文，學了十幾年很會考試，但眞正要開口說英文又是另外一件事情。陸續學了幾年的法文、西文，許久不用也漸漸荒廢。爲了要去智利旅行重拾西文。不同於以往的學習模式，老師引導我們開口說西文，生活化的教材搭配遊戲活動，上西文課變成了下班之後的休閒娛樂。我相信用這種學習方式學任何語言都能成爲一種樂趣！

——Angelonia（新竹園區工程師）

　　Yolanda 自然口說的教學理念，幫助我在 30 小時上課時數後盡情享受了朝聖者之路及瓜地馬拉旅遊。路上相遇的當地友人至今仍保持聯絡，是我最珍貴的旅遊經驗之一。

——Jim 張晉祥（新竹園區工程師）

　　我曾嘗試利用網路上的資源及影音平台自學，但經過半年卻沒有顯著的突破。意識到如果沒有系統性的學習，往往會事倍功半。老師使用非傳統塡鴨式的教學，善用貼近生活的情境課文及教具，帶入艱澀的文法及單字，讓學員無形中培養語感。使我可以輕鬆且享受的學習、回家更可以事半功倍的複習。對於像我一樣的上班族，透過學習第二外文，更可以從忙碌的生活中抽離，使我重新充電再出發。

——Johnson 陳俊豪（業務主管）

皓雲老師在語言教學上的特殊思維打破了我對學習語言及教語言的既有認知，透過語感的建立，快樂地學習，讓我即使短時間無法上課複習，都還是可以開口說些什麼。大大推薦 Yolanda 的《懂語感，無痛學好任一種外語》。

——Yvonne（日語、華語老師）

「大力推薦 Yolanda，您外語學習的最棒導師！」我學西文大約是半年的時間，從來沒有想過第一堂課就可以開口說！學外語的經驗不少，十多年來花了很多時間學習英文、法文、日文。但是，對於開口流利說出來這件事情都不甚滿意。遇到外國人總是自信心不足害怕說錯……直到我遇到 Yolanda 老師。她改變了我學習外語的方法；她分享了幾十年來的研究心得讓我們能更有效率的學習。學習一種語言，便是開啓新的視野、認識新的文化。跟著 Yolanda 老師學習語言，根本就是享受！誠摯推薦給您。

——Emily（知名外商公司主管）

每次的上課時間眞的很開心，學習的方式也一直很生活化，一點都不會枯躁。這其實很重要，畢竟語言是爲了拉近人與人之間的關係而產生的。老師常說著西文一直是全世界最快樂的語言，當你覺得你學得很痛苦時，代表著你可能需要改變一下學習的方式。在學習新單字時也盡可能自然地多開口去說，取代死記的方式，單字對於我們的大腦而言一直是越用越多，越記越少，而這也是我親自感受到的，也祝福大家有天也都能因學會說出自己喜歡的語言而開心。

——Ichia（美商軟體工程師）

　　真心大推皓雲老師的外語教學理念！台灣的考試教育讓學生有時候不太注重口說，可是用外文跟別人開啓交際的第一個環節就是口說啊！上了老師的西文課，上課時使用大量遊戲化的方式練習，第一天就能夠做簡單的自我介紹。之後的課程也是密集訓練聽說，讓我遇見懂西文的朋友都能馬上來兩句，越學越有成就感。

——黃品慧（華語老師）

　　一開始自學西文時，是從部落格認識老師，我想一個人做完一件事跟做好一件事，眼神裡的光亮是截然不同的！很高興遇到有教學熱誠的老師。學語言像是吃一塊大蛋糕，不用一定要從頭到尾一片片切著吃，也可以從中間用湯匙挖著吃，反正最後整個都會吃完。學習西文字母發音不會，沒關係，也可以從句子開始學，不要因爲一開始不會就覺得不能繼續學下去，這是讓我醍醐灌頂的感觸，謝謝老師分享學習語言的方法。

　　Si quieres algo que nunca has tenido, debes estar dispuesto a hacer algo que nunca has hecho.

　　如果你想得到你從沒有得到過的東西，你就必須做一些你從來就沒有做過的事情。

——Echo（物理治療師）

　　把學語言的過程化成一種享受，用難忘的回憶取代痛苦的硬背與記憶，跟著 Yolanda 老師來體驗看看這種語言學習法吧！

——Guada（新竹工程師）

附錄　附各式筆記表格提供參考，可自行影印或掃描
QRcode，依實際所學語言靈活運用。

學語言筆記
模板下載

● **單字筆記**

寫下類型，例如動詞／名詞、食物／休閒活動……等，可用自己習慣的方式分類。

外語單字	中文翻譯	例句或相關補充

● 單字筆記

寫下類型，例如動詞 / 名詞、食物 / 休閒活動……等，可用自己習慣的方式分類。

外語單字	中文翻譯	例句或相關補充

●句型筆記

寫下句型類型或公式，例如：自我介紹十句話、餐廳點餐十句話、頻率副詞的用法等。

外語例句	中文翻譯	相關補充

●句型筆記

寫下句型類型或公式，例如：自我介紹十句話、餐廳點餐十句話、頻率副詞的用法等。

外語例句	中文翻譯	相關補充

● 動詞變化筆記（適合動詞依照人稱變化的語言）

外語原型動詞		時態變化				中文翻譯
人稱	現在式	過去式	（填入時態名稱）	（填入時態名稱）	（填入時態名稱）	（填入時態名稱）
我						
你						
他／她／您						
我們						
你們						
他們／她們／您們						

例句：

● 動詞變化筆記（適合動詞依照人稱變化的語言）

外語原型動詞			時態變化			中文翻譯	
人稱	現在式	過去式	（填入時態名稱）	（填入時態名稱）	（填入時態名稱）	（填入時態名稱）	（填入時態名稱）
我							
你							
他／她／您							
我們							
你們							
他們／她們／您們							

例句：

●每週天天「三個十分鐘」學習筆記

時段		學習內容
週一	早	
	中	
	晚	
週二	早	
	中	
	晚	
週三	早	
	中	
	晚	
週四	早	
	中	
	晚	
週五		
週六		
週日		

●每週天天「三個十分鐘」學習筆記

時段		學習內容
週一	早	
	中	
	晚	
週二	早	
	中	
	晚	
週三	早	
	中	
	晚	
週四	早	
	中	
	晚	
週五		
週六		
週日		

●輸出輸入學習計畫表

設定目標 / 截止時間	預計截止日	
	具體可檢視的目標	
選定教材 / 課程 / 老師 （輸入）		
制定計畫	學習時段（綁定每日 固定行程）	
	學習內容	
記錄過程	（可自行規劃習慣的 欄位，請參考 P101 的每日追蹤表格式）	
按時輸出	輸出方式 / 輸出成果紀錄	
定期回顧	是否達到目標	
	可修正處	

●輸出輸入學習計畫表

設定目標 / 截止時間	預計截止日	
	具體可檢視的目標	
選定教材 / 課程 / 老師 （輸入）		
制定計畫	學習時段（綁定每日 固定行程）	
	學習內容	
記錄過程	（可自行規劃習慣的 欄位，請參考 P101 的每日追蹤表格式）	
按時輸出	輸出方式 / 輸出成果紀錄	
定期回顧	是否達到目標	
	可修正處	

無痛學習心得

無痛學習心得 ♥

PS00034

懂語感，無痛學好任一種外語

作　　者－游皓雲 Yolanda
主　　編－林潔欣
企　　劃－王綾翊
封面設計－江儀玲
內文設計－徐思文
插　　圖－ Julio Areck Chang

第五編輯部總監－梁芳春
董 事 長－趙政岷
出 版 者－時報文化出版企業股份有限公司
　　　　　108019　臺北市和平西路 3 段 240 號 3 樓
　　　　　發行專線－（02）2306-6842
　　　　　讀者服務專線－ 0800-231-705．(02)2304-7103
　　　　　讀者服務傳真－ (02)2304-6858
　　　　　郵撥－ 19344724　時報文化出版公司
　　　　　信箱－ 10899 臺北華江橋郵局第 99 信箱
時報悅讀網－ http://www.readingtimes.com.tw
法律顧問－理律法律事務所 陳長文律師、李念祖律師
印　　刷－勁達印刷股份有限公司
一版一刷－ 2021 年 8 月 20 日
一版八刷－ 2023 年 2 月 16 日
定　　價－新臺幣 380 元
（缺頁或破損的書，請寄回更換）

時報文化出版公司成立於一九七五年，
並於一九九九年股票上櫃公開發行，於二〇〇八年脫離中時集團非屬旺中，
以「尊重智慧與創意的文化事業」為信念。

⋯感，無痛學好任一種外語 / 游皓雲著 .-- 一版 .-- 臺北
⋯ 時報文化出版企業股份有限公司 , 2021.08
⋯ ：　公分
⋯978-957-13-9244-8（平裝）

⋯學習 2. 學習方法

　　　　　　　　　　　　　　110011581

957-13-9244-8
Taiwan